儿童粮仓·童话馆

雪镇上的美丽传说

车培晶　著

GUANGXI NORMAL UNIVERSITY PRESS
广西师范大学出版社
·桂林·

图书在版编目（CIP）数据

雪镇上的美丽传说 / 车培晶著. —桂林：广西师
范大学出版社，2018.10
（儿童粮仓. 童话馆 / 束沛德，徐德霞主编）
ISBN 978-7-5598-1160-8

Ⅰ．①雪… Ⅱ．①车… Ⅲ．①童话－作品集－
中国－当代 Ⅳ．①I287.7

中国版本图书馆 CIP 数据核字（2018）第 194455 号

广西师范大学出版社出版发行

（广西桂林市五里店路 9 号　　邮政编码：541004）
　网址：http://www.bbtpress.com
出版人：张艺兵
全国新华书店经销
北京博海升彩色印刷有限公司印刷
（北京市通州区中关村科技园通州园金桥科技产业基地
环宇路 6 号　邮政编码：100076）
开本：880 mm × 1 160 mm　　1/32
印张：7.75　　　字数：107 千字
2018 年 10 月第 1 版　　2018 年 10 月第 1 次印刷
印数：00 001~10 000 册　　定价：50.00 元

如发现印装质量问题，影响阅读，请与出版社发行部门联系调换。

序

车伟德

　　童话是孩子们喜闻乐见的一种文学体裁，也是少年儿童文学中最契合儿童思维方式、儿童特点最鲜明的文体。

　　童话对于儿童开阔视野、启迪心智、陶冶情操、激发想象，具有不可低估的作用和影响。中外文学大师、名家都满怀激情，由衷赞扬童话的价值和地位。

　　德国童话大家格林兄弟说："童话的朴素诗情能够教诲每个人以纯真。"

　　童话之父安徒生说："人生就是一个童话，我的人生也是一个童话"，"童话是我流浪一生的阿拉丁神灯"。

　　俄罗斯文学批评大家别林斯基说："童年时期，幻想乃是儿童心灵的主要的本领和力量，乃是心灵的杠杆。"

　　我国著名儿童文学家陈伯吹说："'童话'这两个美丽的字眼，标志着一个具有诱人的魅力的世界。"

　　我国著名儿童文学家严文井说，童话是"一种献给儿童的特殊的诗体"。

　　所有这些论述清晰地表明，童话是少年儿童精神成长、心灵成长不可或缺的维生素，是最珍贵的精神滋养品。童年时代有没有童话陪伴大不一样：有童话相伴，会很快乐、很有趣、会有梦想、活泼开朗；没有童话相伴，也就少了童情童趣，少了奇思妙想，失却真正快乐的童年。毫不夸张地说，在某种意义上，优秀的童话可受用一生、影响一生。

从第一面五星红旗在天安门前升起到现在，我国当代童话已走过近七十年光荣的荆棘路，经历了漫长的、光辉又艰难的里程。同整个文学、儿童文学一样，童话也经历了新中国成立到二十世纪六十年代（1949—1965），"文革"十年（1966—1976），改革开放到八九十年代（1978—2000），新世纪至今（2001年至今）四个历史阶段。中华人民共和国诞生后，在党和政府的重视、支持与"百花齐放、百家争鸣"方针鼓舞下，作家普遍关注儿童的思想品德教育，创作热情高涨，迎来了我国当代童话创作初步繁荣的第一个黄金时期。二十世纪五十年代后期至六十年代中期，"左"倾思潮的侵袭，对"童心论"等的错误批判，挫伤了作家的创作积极性，童话创作一度停滞冷清。十年浩劫，文学园地百花凋零，童话创作更是销声匿迹，一片空白。改革开放后的八十年代，拨乱反正，思想解放，创作观念更新，作家敢于探索，勇于创新，迎来了童话创作兴旺、繁荣的真正黄金时期。九十年代，幻想文学的提倡，幽默精神的高扬，人文内涵的追求，更使童话作家如鱼得水、得心应手。进入新世纪，市场经济、网络媒体的挑战，"哈利·波特"热的掀起，童话园地里，艺术的与大众的，典型化与类型化创作，呈现多元并存的格局。近些年来，实现中国梦的大方向，登攀文艺"高峰"的大目标，激励着童话作家在创新道路上继续前行。

近七十个春秋的艰辛跋涉，使我国当代童话创作取得长足的进步和令人瞩目的可喜成就：

一是涌现出一批想象丰富、情趣盎然、思想性与艺术性统一的童话名作。《宝葫芦的秘密》《小溪流的歌》《鸡毛小不点儿》《狐狸打猎人的故事》《猪八戒新传》《神笔马良》《野葡萄》《"没头脑"和"不高兴"》《小布头奇遇记》《黑猫警长》《皮皮鲁外传》《总鳍鱼的故事》《小巴掌童话》《怪老头儿》《狼蝙蝠》《哼哈二将》《笨狼的故事》《鼹鼠的月亮河》《乌丢丢的奇遇》《面包狼》《猪笨笨的幸福时光》《汤汤缤纷成长童话集》《布罗镇的邮递员》等，都是新中国成立以来各个阶段最负盛名的代表作。

二是创造了不少个性鲜明、栩栩如生的童话形象。幼儿童话中，有小蛋壳、雪孩子、黑猫警长、大头儿子、围裙妈妈、花背小乌龟、岩石上的小蝌蚪等这样一些孩子们熟悉、喜爱的艺术形象，它们深深镌刻在一代又一代幼儿的心坎里。而神笔马良、唐小西、皮皮鲁、霹雳贝贝、怪老头儿、阿笨猫、乌丢丢等，也都是小读者和大读者啧啧称赞的鲜明童话形象。

三是形成了艺术形式和风格丰富多样、异彩纷呈的格局。二十世纪五六十年代，在当时的时代背景下，我国的童话创作，更多侧重于传统的"教育型"。改革开放以来，童话作家从惯性思维中走出来，打破一些条条框框的束缚，在创作方法、艺术表现手法、形式、风格上敢于探索和创新。"热闹派"标新立异，独树一帜。"抒情派"、诗体童话、小巴掌童话也各显神通，争奇斗艳。很多作家都有独特的美学追求，有的追求奇特、荒诞、幽默，有的追求诗情与哲理交融，有的隽永含蓄、质朴自然，有的优美流畅、温婉清丽，真是各有千秋，各领风骚。

四是造就了一支满怀童心、爱心、诗心，不断新陈代谢的童话创作队伍。参与当代童话创作的，除了已谢世的张天翼、严文井、陈伯吹、贺宜、金近、包蕾、洪汛涛、孙幼军、赵燕翼等前辈作家外，如今健在的童话老作家还有黄庆云、任溶溶、宗璞、葛翠琳、金波、张秋生等。八九十年代崛起的童话作家有葛冰、郑允钦、班马、周锐、郑渊洁、白冰、冰波、彭懿、郑春华、保冬妮、杨红樱、汤素兰等。二十一世纪以来涌现的有皮朝晖、王一梅、李东华、张弘、葛竞、汤汤、萧袤、郭姜燕等。这些活跃于儿童文苑的作家，是当代童话创作的中坚力量。我国当代儿童文学队伍的构成，一直保持"五世同堂"的强大阵势，这是童话创作持续发展、繁荣的希望所在。

回望我国当代童话创作的发展历程，我们欣喜地看到，几代作家努力开拓，潜心创作，已取得光彩熠熠的丰硕成果。广西师范大学出版社编选、出版的这套《儿童粮仓·童话馆》书系，相对集中地展示了新中国成立以来童话创作（主要是中、短篇）有代表性的优秀成果，为谱写中国童话史留下一份珍贵的记录。而更重要的是为孩子们提供丰富、优质的精神食粮，让这些富有经典品质和艺术魅力的童话得以更好地走进广大小读者中间去。

童话是以幻想为基本特征的一种独特的文学体裁，是最富浪漫色彩和游戏精神的奇妙故事。童话的灵魂、核心是想象、幻想，它是张开想象的翅膀飞得最高、最远的艺术。没有丰富的想象、幻想，也就没有童话。童话的艺术魅力从何而来？一是来自幻想与现实的巧妙结合，来自它所营造的亦真亦幻、似真似幻的光怪陆离的童话世界。二是来自诗情与哲理的水乳交融，来自如诗如画的童话世界所蕴含的深邃的生活哲理。三是来自神奇灵敏的童话形象与引人入胜的故事情节相交织，来自那个性鲜明、栩栩如生的超人体、拟人体、常人体的童话人物。

四是来自耐人寻味的幽默、沁人心脾的情趣与天真烂漫的游戏精神。入选《儿童粮仓·童话馆》的作品，可以说在诸多方面都具有上述这些品质、风采和魅力；只是按照作者不同的创作个性和艺术特长，追求的侧重点不尽相同。

阅读经典，欣赏经典，可以提高小读者的文化素养、审美能力、鉴赏水平。要从小培养孩子们爱读书、多读书、读好书的良好习惯，让他们在快乐中阅读、欣赏，在阅读、欣赏中享受快乐。优秀的童话，不仅会让他们为精彩的故事所吸引和打动，还能引导他们感受、体会作品所蕴含的崇高的感情、优美的意境、生动的语言，以致一点一滴、多多少少从中领略人生的意义、生命的奥秘，润物细无声地滋养他们的心灵。

愿幼年、童年时代有童话相伴的孩子，长大以后，多一点想象力，多一点创新力，多一点人性美，多一点诗意、情趣和幽默！

2018 年 5 月

目　录

钟表师的咒语

故事发生在六百多年前的荷兰，那个时候距离安徒生时代还差三百多年呢。不过，后来安徒生也听说了这个故事——

当时，有人刚刚发明了钟表，是那种利用重锤驱动的机械钟。普通人家自然是享受不到的，钟表大都用于宫殿、教堂。老公爵城堡里新安装了一座这样的巨型机械钟，那是皇室特准的。

老公爵城堡坐落在荷兰的海岸上，城堡里住着老公爵的全家，当然少不了一些侍从。那是一座十分豪华的城堡，里面有数不尽的财宝，就连台阶和每一根柱子上都镶嵌着金子花纹。

老公爵很快就要过八十四岁生日了，能活到八十四岁，在当时极为罕见。老公爵心里隐约感觉到，过了这个生日，上帝就会下帖子请他去了。所以他把小儿子叫到跟前，无限焦虑地说："快快长大吧，小梵蒂，我的爵位和城堡需要你继承，到时候了。"

叫梵蒂的小儿子九岁，老公爵恨不得他一天就能长到二十岁。老公爵一共有十九个儿子，他最喜欢的是梵蒂。因为那些都长大了，相互间钩心斗角，老公爵不太放心他们。当然，老公爵喜欢小儿子还有一个原因：小梵蒂是老公爵最小的一个妻子生下的，这小妻子最受老公爵的宠爱。

老公爵希望小梵蒂快快长大成人，可是小梵蒂偏偏不愿长大，他不喜欢继承爵位，也不喜欢待在城堡里。他喜欢到城堡外边玩，城堡外边有一个穷修鞋匠，他有个小女儿，小梵蒂天天和这个女孩儿一起玩。

老公爵为此忧心忡忡。小妻子则想尽一切办法，干预梵蒂和穷女孩儿在一起。后来，她干脆把儿子锁到了城堡里。

不能和修鞋匠的女儿一起玩，小梵蒂郁郁寡欢，像生了病。

"快给我们的小梵蒂看医生。"老公爵很不安。

"他并没有生病。"小妻子说。

"那他不该郁郁寡欢。"

"他在想念那个修鞋匠的女儿，我早就看出来了。放心，我有办法让他快活起来。"

小妻子找来一位漂亮的公主，比小梵蒂大七岁。她让公主陪梵蒂玩。可是，梵蒂照样蔫头耷脑，提不起一点神来。

"这怎么行？"老公爵愁坏了。

小妻子很快又有了一个主意，说："我们得让小梵蒂快一些长大，到那时他就知道公主才是最值得他爱的姑娘，穷修鞋匠的女儿算得了什么！"

"梵蒂不爱长大，这你知道。"老公爵说。

"我有办法让他不再任性。"

小妻子花重金请来一位钟表大巫师。城堡里的大座钟就是这个巫师前几天来安装的。钟表大巫师坐在大座钟前念咒语，钟锤摆动得越来越快，指针走得快疾如电，嘀嗒嘀嗒嘀嗒嘀嗒……

"好啦，不能再快了，那样恐怕谁也受不了。"钟表大巫师停止了咒语。

小妻子不答应："再快一点，再快一点！我给了你那么多酬金，你总得让我满意。"

钟表大巫师不得不继续念咒语,他得到的黄金确实太多了,三辆马车都装不下呢。

座钟指针跑得就像闪电一样快。

忽然,老公爵老死了。城堡里乱了,为了争夺爵位和城堡,老公爵的十八个儿子大打出手,杀得昏天黑地。但不一会儿他们就变得老态龙钟,再无举手之力了。

小妻子见此情景高兴坏了,她让钟表大巫师快快停止念咒语。可是,钟表大巫师这会儿已经风烛残年、奄奄一息,嘴巴都不会动了。钟表指针依然飞快地跑着,没有谁能控制住时间了。很快,小妻子就变成了一个驼背老太婆。

"梵蒂，我的儿子，快来啊，一切一切都是你的了！"老太婆在城堡里四处寻找小儿子，她步履蹒跚，满目欢悦。可她不知道，小梵蒂在她刚把钟表巫师请来时，便偷偷逃出了城堡，和修鞋匠的女儿玩去了。不用说，没过多长一会儿，这位老太婆也老死了。

时间过得太快了！

但这只限于城堡里，城堡外面的春夏秋冬一如既往地运行。梵蒂仍是个九岁的小男孩，他和穷修鞋匠的女儿玩得忘乎所以，他们跑到很远很远的地方玩，后来竟找不到回家的路了。他们索性沿着农庄小路继续朝前走，一路玩耍，一路欢笑。多少年后，在德国南面的一座灰红色的教堂里，这对青梅竹马的恋人举行了婚礼。

那座豪华的城堡怎样了呢？梵蒂不知道，他只知道自己和妻子生活得很幸福，他们有了自己的孩子和自己的土豆地、葡萄园。梵蒂每天和孩子们一边玩，一边侍弄土豆和葡萄，早就忘掉了在遥远的海边有自己家的一座古城堡。

直至若干年后，安徒生坐着马车周游欧洲，来到了那座古城堡。他好奇地走进去。他看到了什么？

他看到城堡里只留下梵蒂当年从城堡顶上逃出去时用过的一根绳索，以及梵蒂和穷修鞋匠女儿的爱情故事，此外，一无所有。城堡里的时光仍在飞闪，因为钟表大巫师的咒语一直管用呢！

安徒生慌忙退出城堡，他怕自己也很快衰老。回到马车上，他眼睛里盛满怅惋。

雾妖占领城市的时刻……

那天清晨，六点零五分，我去上学，突然下雾了，好大的雾，来势凶猛。

路边楼房看不见了，树和广告牌看不见了，最后连行人也不见了。我就像被裹进一个厚厚的棉花套子里，听不到任何声音——浓雾似乎将城市吞噬了！

我从没见过这么大的雾，恐惧得很，想回家或者找个早餐店什么的躲一躲，但大雾弥漫，什么也看不见。

"来人啊——"我大声喊，用尽了力气，可声音传出后变得很小——声音都被浓雾吸去了，就像把铁榔头扔在棉花里，你根本听不到声响。

突然，一个庞大的怪物摇摇晃晃从浓雾中凸现出来，眼睛很大，闪着灰蓝色光，嘴巴像个大洞，一只巨爪捉住了我。

"小点心！"怪物贪婪地说，"不着急吃，抓到一百个再吃。"

它把我抛向空中，像抛一粒花生米一样——它太大了，我在空中划过一条抛物线，又落回到它嘴里。它的大嘴好臭，牙缝里塞满了像腐肉渣的东西。它用大舌头将我勾起，一吐，我再次被抛向空中。

"许指蛾——"有人喊我。

是史小旗，他在一辆像装甲车的客车上朝我招手，明明是在空中，客车怎么在这里跑？

"许指蛾，快上来！"史小旗一把将我拉进车厢里，"砰！"车门关上。大怪物被抛在了车后面。

客车飞快驶去，无声无息，仿佛月亮在云间穿行。

"这是谁的车？"我问。

"无人驾驶救护车。"史小旗说，他毫无恐惧，倒是一脸的快活，"坐在这里面很安全。"

"去学校。"我说。

"不，我们好好玩一玩。"史小旗说。

"你又想逃课？上次逃课校长点名批评你了，你爸还揍了你一顿，你还想挨揍？"

史小旗讨厌上学，经常逃课，这谁都知道。可是，我不能不上学，我是班长，必须劝他去学校。

然而，根本找不到我们的学校，雾太大了，什么也看不见。

"班长，这可不怪我，找不着学校，只好玩了。"史小旗很兴奋，似乎早就盼望有这样一场奇特的大雾了。

"咱们老师呢？"我问。

"问我？我还想问你呢。"史小旗说。

我掏出手机，想给老师打电话。可是，手机没有信号。

这时，我们班一些同学从雾海里失魂落魄地跑出来。"喂，快上来！"史小旗打开车门，同学们纷纷爬上车。

车门刚关上，追上来一个大雾妖，它用脑袋使劲儿撞车门，车被撞出很远。还好，车门没被撞破。大雾妖的脑袋像是被碰扁了。紧跟着，从后面又追上来一群大雾妖，个个面目狰狞，挥舞着臃肿的手臂，嘴里发出"噢噜噢噜"的怪叫。

我们的城市到底怎么了？我惊恐万分。史小旗却始终快活着，他对大家说："大家尽情地玩吧，世界是我们的！"

客车里有收音机，里面传出市长喑哑的声音：

"市民们，非常不幸，今天早晨六点零五分，雾妖出其不意地占领了我们的城市，请大家不要出门，务必把门窗关严，有必要的话，我们就跟雾妖决一死战，不过这要听我的命令……"

许多同学听到这个消息后都吓哭了。我忍着没哭，但身体瑟瑟发抖。史小旗看看我，然后龇着两颗虎牙讥诮说："班长，挺住啊，不许哭！"

是的，我是班长，在这种时候万万不可怯弱，万万不能败给史小旗。"史小旗，你不怕，我更不怕！"我说。

"这才像英雄。"史小旗笑笑，"许指蛾，跟着我干吧。"

后来，史小旗居然毛遂自荐当班长，理由是这辆车是他找到的，车上的同学都是他救上来的。"没有人反对吧？"他问大家。

我觉得可笑：门门功课都不及格，天天叫老师批评的人，想当班长？我还没死呢。

谁想，大家都把手举得高高的，同意史小旗当班长。

我急了："我呢？我呢？"

"你是平日里的班长，我是特殊时期的班长，种类不一样。"史小旗得意扬扬地朝我扮鬼脸。

客车跑了一会儿，又遇到几个低年级小豆豆，他们正在浓雾里哭鼻子。可是，车厢里人满为患，装不下他们了。

史小旗说："我们下去两个人，腾出地方让小朋友上来。"

他第一个跳下车。我不想下，但怕史小旗说我自私，于是就大着胆子跳下去。几个小豆豆爬上车，对我和史小旗说："谢谢大哥哥大姐姐！"

车门关上，开走了。

"你不怕被雾妖当点心吃掉吗？"史小旗问。

"你才怕呢！"我嘴硬，心却在哆嗦。

"我怕什么？反正我是差生，老师不亲，爸爸不爱，不像你——老师的大红人儿，要是被雾妖吃了多可惜呀！"

正在这时，一群巨雾妖追过来，张牙舞爪地叫："小点心，过来，过来呀！"

我和史小旗撒腿就逃。

雾太大了，什么也看不见，但凭着直觉能感觉到，我们是在城市上空踏着浓雾奔跑，双脚时而撞到楼顶上的避雷针，时而踩到高压线。"当心过电！"史小旗不停地提醒我。

跑着跑着，我一下掉进了工厂的一根大烟囱里。"救命啊——"我绝望地喊着。

史小旗转回身，像往海里扎猛子似的，一头扎进烟囱里，将我抓住了。但是，烟囱里又黑又光滑，我们无法向上攀登。"扑通！扑通！"两个人顺着烟囱一起掉到了车间的锅炉房里，脸上、身上被烟囱里的黑灰抹得乌黑，像两只黑乌鸦。

"这是发电厂，"史小旗说，"外边有灯光，走，去看看。"

"有雾妖，还是在这里安全。"我说。

"万一雾妖把锅炉点着，那我们可就没命了。"史小旗拉着我就往外跑。可跑了一会儿，忽然发觉，我们钻进了一个大雾妖的肚子里。

雾妖肚子里又闷又臭，一颗巨大的心脏在剧烈地跳动着，我快窒息了。

"哈哈，两块小点心，现在就让我来好好品味品味你们。"雾妖说。

幸亏史小旗，他用水果刀在雾妖肚子上割开一个洞，带着我爬了出去。雾妖很愚蠢，它以为我们还在它肚子里呢。

后来，史小旗发现雾妖两只大脚中间停放着一辆摩托车，他骑上去，说："许指蛾，快上来。"

"你会驾车吗？"我问。

"应该没问题。"

他很容易就启动了马达，"突——"摩托车载着我们飞驰而去。史小旗驾车的技术真棒，可是，他从未骑过摩托车啊！

"人被逼急了，潜力很大呀。"我感慨地说。

"这句话我爱听！"史小旗趁机吹嘘起来，"现在让我和国际摩托冠军比赛，我一定能超越他！"

刚吹完，"咔嚓"一声，他的右胳膊被雾妖的獠牙撞断了。

"哎哟——"他疼得直冒冷汗。摩托车失去了控制，在雾中像没头苍蝇似的左拐右扭。"许指蛾，我挺不住了，你来驾驶吧。"

"我……行吗？"我害怕。

"不试怎么知道不行？"

摩托车没有停下来，史小旗像杂技演员那样腾空跃起，在空中和我调换了位置。这回，我坐在了驾车座位上。让我吃惊的是，我驾车的技术并不比史小旗差多少。只是，我不知道应该朝什么地方去。

"朝右转！朝右！去八达岭，那儿有风车，可以把雾吹散。"史小旗说。

"你怎么知道？"我问。

"你就别管了。"史小旗的口气很像指挥官，"执行命令吧！"

"是！"我顺从地回答，但立刻就后悔了，在史小旗面前我怎么变得毫无主见了呢？

雾更大了，雾妖也越来越多，有时我们的摩托车擦着雾妖的耳朵飞过，有时干脆从雾妖的鼻梁上碾过，摩托车跑得快极了，雾妖们望尘莫及。

一路上，我们看到很多人像鸡毛毽子一样在空中翻来飞去，那是雾妖们在玩弄捉到手的人，那里面有我们菊花老师，还有梅花校长。在巨大的雾妖手里，她们真够可怜的。

快到八达岭时，摩托车猛地被一个雾妖酋长截住了。

"至少我先要吃掉你们其中的一个！"雾妖酋长说，"你们谁愿当我的点心呀？快快选择。"

"吃我！"史小旗说，"反正我胳膊断了，以后也不能写作业了。不过，想吃我也不是容易的事。"没等我说话，史小旗手持水果刀，"扑通"就跳进雾妖的大嘴巴里去了。

"史小旗——"我边哭边驾着摩托车向八达岭冲去。

八达岭上有一百架风车，不知什么原因，我变得力大无比，巨大的风车在我手中像玩具似的。一架，两架，三架，四架，五架，六架……一百架风车都被我摇动起来了！

风车"呜呜"旋转，带动起来的气流形成一股势不可挡的龙卷风，龙卷风越来越大，像一把巨大的风镐在雾妖们中间旋来钻去，瞬间，雾妖们一个个便消瘦下去。大约过了二十分钟，浓雾全部散尽，太阳出来了，世界一片灿烂。

可是，一百架风车仍转个不停，我无法使它们停止下来。那辆像装甲车一样的客车载着同学们驶来了，风太大了，客车如失控的飞机在空中转圈儿。我们班主任菊花老师更有趣，她被龙卷风刮得像只纺线锤旋转不已。

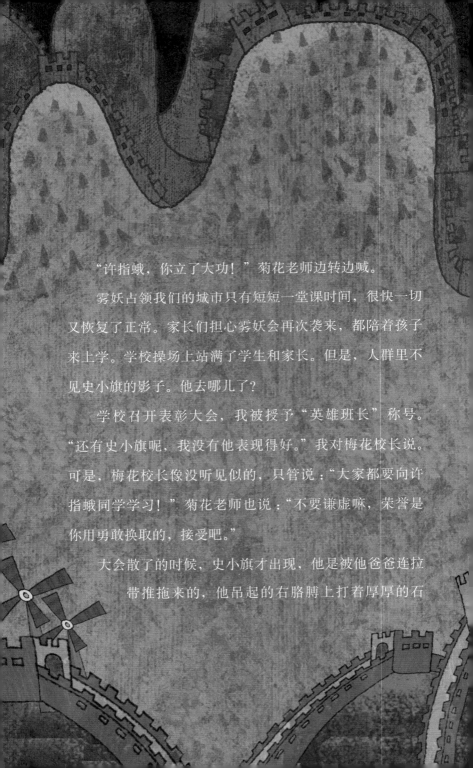

"许指蛾，你立了大功！"菊花老师边转边喊。

雾妖占领我们的城市只有短短一堂课时间，很快一切又恢复了正常。家长们担心雾妖会再次袭来，都陪着孩子来上学。学校操场上站满了学生和家长。但是，人群里不见史小旗的影子。他去哪儿了？

学校召开表彰大会，我被授予"英雄班长"称号。"还有史小旗呢，我没有他表现得好。"我对梅花校长说。可是，梅花校长像没听见似的，只管说："大家都要向许指蛾同学学习！"菊花老师也说："不要谦虚嘛，荣誉是你用勇敢换取的，接受吧。"

大会散了的时候，史小旗才出现，他是被他爸爸连拉带推拖来的，他吊起的右胳膊上打着厚厚的石膏，脸上青一块紫一块——那一定是被雾妖的獠牙咬的。

他爸爸对菊花老师说："这孩子真没出息，雾妖没了他还想逃学。"

"我不是逃学，不是！"史小旗说。

"不是逃学，那雾散了你为什么不赶快来上学？"菊花老师问。

"我怕……怕大家笑我是断胳膊。"史小旗吞吞吐吐地说。

"闭嘴，我不要听你瞎说！"史小旗的爸爸说，"你巴不得雾妖一辈子占领城市，你好天天在外面玩儿。"如果不是在学校，他的大巴掌恐怕早就扇在史小旗的屁股上了。

史小旗委屈得流下了眼泪，他可是一个从来不知道哭的男孩子啊！

我再也沉不住气了，大声喊："相信史小旗吧，在雾妖面前他是真正的英雄！"但是根本没有人理会这些。

我对雾妖心有余悸，可现在我却希望它们再次出现，因为那样的话，可以让史小旗有机会亲自摇动八达岭上的风车，让大家知道他确实很勇敢，很英雄。遗憾的是，雾妖从此再也没有出现过。

快乐在每个角落都会发生吗

一

米粒粒失踪了。她失踪得很蹊跷，那天中午，我看见她跑到学校旁边的草地里扑蝴蝶，那是几年前拆迁民宅留下的一片废墟，瓦砾成丘，杂草丛生。我看见米粒粒像一只饥饿的野猫，在草丛里忽隐忽现，后来就不见了。

说实在的，米粒粒失踪并不是一件多么坏的事情，因为她在班级里是一个极不受欢迎的角色。她身上有一股像蝙蝠窝一样的气味，大家甚至怀疑过她从小是不是吃蝙蝠长大的。谁也不愿意跟她同桌，她一直自己单独坐一张课桌。还有，她的功课一塌糊涂，即使把她放在二年级里，她的功课也不会优秀。每次考试她总想抄别人的，但谁也不愿意帮她的忙。最让人受不了的是，她的爸爸妈妈打架打得特别凶，两个人

经常吵吵闹闹打到我们学校。据说，那是为了说明他们的女儿功课不好与他们没有任何关系。

现在，米粒粒莫名其妙地销声匿迹了，这让我们得到了安宁——她的爸爸妈妈不再到学校打架了，教室里的蝙蝠窝气味从此也消失了。只是小檬老师急坏了，米粒粒是从学校里失踪的，她有推卸不掉的责任。"大家要帮忙啊，发现米粒粒的踪迹立刻报告，拜托了！"这句话都快把小檬老师的嘴唇磨破了。"得令！"大家嘴上这么回答，心里却在说，我们永远不想再见到她。

那天傍晚我走在西涡胡同拐角处时，出乎意料和米粒粒打了个照面。她行色匆匆与我擦肩而过，我注意到，她脸色绯红，身上有一股干燥的热气，似乎刚从烘干炉里跑出来，好像她还用眼角恶作剧地瞥了我一下。我拽住她的衣角，奇怪的是她突然从我眼前消失了，连一点点模糊的影子、一点点细微的声息都没有就不见了，可我觉得我的手仍然拽着她的衣角，但低头看时，发现手里握的是一只羸弱的萤火虫。小家伙在我手掌里挣扎不已，还企图咬我的手指，我一松手它便仓皇飞去。我目瞪口呆，但我丝毫也没有怀疑这一切都是真实的。

"好奇怪！米粒粒她……"我对乐平平说起这件事时，说不清自己是惊喜还是恐惧。

"你眼睛花了！"乐平平挖苦道，她知道我趁爸妈出差的机会看了一个通宵的魔幻鬼怪故事影碟，"你脑子里全是幻影，看到什么都以为是米粒粒，我才不觉得奇怪呢。"

"不可能是幻影。"我说。

"那么就是米粒粒变成了鬼！"

二

傍晚我坐在阳台上。夜幕笼罩，天气闷热，偶尔刮来一丝燥风像蛇信般舔灼着阳台上的海棠花。远处，一只萤火虫拖着一道幽蓝的光亮飞着，幽光忽闪，仿佛远天上诞生的一颗新星。

"阿晶！"是谁在唤我，声音如蝇，"我是米粒粒呀！"

声音是从海棠花叶上传来的。循声找去，我发现了一只萤火虫。微弱的光亮中，萤火虫戴着一只红发夹，像个腼腆的小姑娘，两条长辫子似的触须紧张地抖动着。是它在说话。可它怎么会是米粒粒？

"好想念你呀，阿晶。"萤火虫说，"都快三十年了，你还没有变，这是你和你丈夫的家吗？你们的孩子呢……"

"你在说什么啊！"我打断了萤火虫的话，"假如你真是米粒粒的话，就应该知道我是个小学生，而你离开学校才刚刚四天。"

"可在我们那里已经快三十年了。"

"你们那里？好大的口气啊！假如你真是米粒粒，就快告诉我，你到底想不想回学校了？"

"怎么不想，"萤火虫掀了掀淡蓝色翅膀，"可我现在已经身不由己了。"

"那就请你留个纸条，证明你的出走跟小檬老师没有关系。"

萤火虫在我递上去的一张信纸上写了几行字，并且认真地签下了名字。它的字迹小得像蚂蚁的牙齿。

"你可以走了。"我扬了扬手。

这时，我妈虚张声势地走过来，问："黑灯瞎火的，你在跟谁说话？"她还朝楼下仔细地望了又望。我知道，她准以为楼底下站着一个我认识的男孩子，我是在同男孩子说话。她总是担心我和男同学有秘密来往。

我指指海棠花盆："往这边看，米粒粒在花叶上呢。"

"米粒粒？那不是一只萤火虫吗？"

我把萤火虫留下的纸条给乐平平看，乐平平高兴地说："好极了，臭蝙蝠窝终于远离了我们。"她当即决定拿二十元钱请我吃烤鸭片。

我们坐在店里吃烤鸭片时，全班同学突然"呼啦"一下拥进来，大家像过节一样开心，争先恐后请我吃烤鸭片，有的还为我点了一份昂贵的水晶鸭肉。我的胃里塞满了鸭肉，两片嘴唇油亮亮的，浑身散发着鸭味，好像自己变成了一只鸭。

小檬老师见到那张留言条时，眼里弥漫着薄雾似的忧伤，眼泪就要掉下来，但等她将纸条交给校长回来后，眼泪并没掉下来一滴。

令人不解的是，米粒粒失踪后，她的爸爸、妈妈没再来过学校，也没给小檬老师打过一次电话问起米粒粒的事。

更奇怪的是，那天放学我和乐平平在路上遇到了米粒粒的妈妈，她对我们说："你们高兴吗？其实最高兴的是我本人。""高兴什么啊？"我心里不安，故作不懂地问。"米粒粒变成了萤火虫呀！"她说。后来我们又遇到了米粒粒的爸爸，他满面春风地告诉我们说，家里少了一个身上有蝙蝠窝味儿、功课糟糕透顶的女儿，这些日子他一直处于极度兴奋之中。

我问乐平平，世界上有米粒粒家这样的爸爸妈妈吗？乐平平说："有！报纸上每天都有关于弃婴的报道，你不知道啊？米粒粒毕竟被爸妈抚养到十三岁了，她还算是幸运的呢！"

三

夜里我梦到好多绿虫子，绿虫子都长着人一样的胳膊和腿，它们在我的房间里跳摇摆舞，还有一支小乐队，一只大个头、肥肥胖胖的绿虫子是架子鼓手，它一边击鼓嘴里一边吐丝，银丝如雨如雾，舞蹈的绿虫子们变得迷离绰约。我的一只耳孔突然痒起来，并听到阵阵轻唤："阿晶，阿晶……"我从梦里走出来，看见了一只萤火虫，擎着一盏小灯笼环绕着我的床上空缓缓飞着，黑暗的屋子飘浮着一条条幽蓝的曲线，时隐时现，犹如梦境一般。我知道那又是米粒粒，是她的蓝灯笼布下的光带。

"对不起，把你给吵醒了。"萤火虫说，"我非常想跟你说点什么。哦，你又闻到了我身上的怪味了吧？对不起，实在是没办法。现在大家好了吧，上课不用打开窗户，不用捏鼻子了吧？我给大家带来了好多麻烦，真的很惭愧。哦，对不起，我去洗洗身子再来。"萤火虫消失在黑暗中，旋即又飞了回来。翅膀上的水珠儿滴落到我脸上一滴，冰凉凉地透着一抹淡淡的玫瑰清香。

"这么香！你到香水瓶里洗澡了？"我问。

"不，是在玫瑰花心的露水里洗的，我就住在那里。"

"住在玫瑰花里？"

"是的。每片花瓣就是一间屋子，每一间屋子里都盛着玫瑰花儿露水，刺虫、瓢虫、毒蜘蛛的家都住在花瓣里，我们是邻居，大家还选我当它们的头儿呢。"

"真好。"

"可你恐怕是不愿意住在那儿的。和那些虫儿做邻居需要斗智斗勇，它们的门牙可厉害呢，每一只虫都在绞尽脑汁想办法打败别人。不过我不在乎它们，我是人不是虫，说到哪儿它们都不敢轻视我。"讲着讲着，米粒粒的两片蓝色薄翼得意地向上翘起，身上的萤光更亮了，我可以清楚地看到她一张一合的小嘴，她的眼睛蓝蓝的，蛮神气。在学校时她从没这么神气过。

"有一只酱蚁跟我住在一起，它右边的那根须子和右边的眼睛在狩猎时被咬残了，这很危险，因为敌人如果从右边袭击它，它不容易立即发现。它非常担忧自己的命运，每一秒钟都在发抖，它怕被螳螂吃了。每到天亮时它就哭泣，因为天亮时螳螂就会变得饥肠辘辘。不过，我发誓要好好保护它。可我又不得不提防它，谁知道它会不会趁我熟睡的时候对我下毒手呢，因为它每天出猎都是空手而归，饿得只能喝点露水。对了，你们再也看不到我爸爸、妈妈吵架了吧？你们讨厌他们吵架，我比你们还心烦呢！现在一切都好了，一切都变成过去……"

已经过了子夜了，米粒粒仍兴致勃勃地说着，声音越来越高，隔壁屋里的爸爸妈妈被吵醒了，他们把我和米粒粒的谈话都听去了。

米粒粒飞走后，妈妈说："米粒粒总算有了一个比较好的归宿，在那里她能有所作为，这总比在班级里当落后学生强得多，这种结果恐怕也是她父母最终所期望的。"

爸爸说："别忘了，米粒粒是人不是昆虫。"

"是人又怎么样？"妈妈振振有词，"我们不要以为米粒粒到了那里就是受苦受难，快乐在每个角落里都会发生。"

我说："米粒粒想念学校。"

妈妈说："如果她回到了学校，一准儿又想念虫子世界的快活了。"

四

我向乐平平提议，把米粒粒请回学校。在我们班里，乐平平是很有级别的人物，她不是班长，可大家习惯于听从她发号施令。听了我的提议，乐平平的第一个反应是：要我回请她吃三次蜂蜜烤鸭，而且每次还要加一杯哈密瓜原汁饮料。我上哪儿去弄那么多的钱啊！乐平平说："没有钱那你就应该打消这个念头。不是我一个人不希望米粒粒回来，是大家都不希望。"

我去找小檬老师。小檬老师正在喷洒杀虫剂。她住的宿舍到处是甲虫、蜈蚣、西瓜虫、苍蝇留下的足印和屎渍，雪白的墙上，那些污迹像毒蘑菇上的花斑点一样恐怖。"阿晶，快来帮我喷！啊呀呀！"她哆嗦着声音喊。

我对她说："米粒粒变成了一只萤火虫，睡在有露水的花里，非常潮湿，别的虫子的牙齿相当厉害，还有四处觅食的鸟、织网的毒蜘蛛、举着锯臂的螳螂——多么可怕啊！"

可是，小檬老师只顾灭虫子，她没有听见我说话。"死掉吧，都死掉吧，可恶的东西！"她哆嗦着声音向墙上的污迹叫喊，喷药器好几次都是朝她自己的脸上喷洒的。

"米粒粒想念大家，其实她希望回来，她每天都用花露水洗浴，还说会努力学好功课的。"我继续说。可是小檬老师仍然没听见，她的耳孔里喷进了许多杀虫剂，鼻孔里也药雾缭绕。"虫子的牙齿相当厉害。"我又说。我相信她总会听到。"它们可以咬穿屋子里的木头、汽车的轮胎……"

这回小檬老师听到了，但她说："啊呀呀！所以你要帮助我杀死它们。对了阿晶，去把乐平平她们也叫来。"

我沮丧地去了，我想到了米粒粒，米粒粒一个人要面对那么多可怕的虫子。

五

　　北方夏季的风真好，像美容院里的湿风机吹出的雾气，我们的皮肤变得柔润，停在太阳底下的时候是暗红色，跑到树荫下立刻就变成米色的了。夏天真好，可是我们就要毕业了，大部分同学要分开，从此不会再坐在一个教室里上课了。我和乐平平都准备好了一个很精致、带有一只小锁头的笔记本，好多同学也都准备了我们这样的笔记本，大家开始相互签字留念。小檬老师也准备了一个茶花色笔记本，可是茶花色的封面尽是虫子屎渍。她没法子拿这样的本子让我们签字了。更糟糕的是，有天夜里她被虫子叮醒了，床上、毛巾被上到处都是虫子，她失魂落魄地和虫子们战斗了一夜，她的汗毛孔到次日中午才完全张开。

　　小檬老师住的单身宿舍窗户终年射不进一小块儿阳光，里边异常潮湿，这没办法，总不能把太阳搬进宿舍里面。"我想搬到教室里住，大家同意吗？"这天她突发奇想，征询我们的意见。"OK！"我们自然不会阻拦了。就要毕业了，小檬老师的这点要求又算得什么呢？不过，我们提醒她不能把宿舍里的虫子带进教室。她向我们保证决不会，还说教室里干燥，有阳光，虫子惧怕干燥和阳光。

可是，小檬老师迁居教室的第二天早晨，教室的墙壁和天花板上以及灯罩上便虫屎狼藉。更可怕的是，乐平平的桌洞里藏着几十条毛毛虫，黑板的角落聚集着黑压压的绿虫子、灰虫子、黑虫子。班级一下乱了。首先逃离教室的是女生，男生起初还勇敢地守在教室里，但片刻便如同决堤的洪水般冲出门外。体育老师被呼来了，他提着一大桶杀虫剂进了教室，但他没有看到一只虫子，只发现一只孱弱的萤火虫。"你们班真能大惊小怪。"他一脸不高兴，"一只萤火虫也值得如此草木皆兵。"

奇怪，虫子都跑到哪儿去了呢？小檬老师和我们面面相觑。

一定是米粒粒将那些可恶的虫子驱走了。我在想。可是，米粒粒哪儿来的那么大的威力，让成千上万条虫子都听从她的？

男生这时都扑向了萤火虫，他们打算捉住萤火虫。窗户被关上了，门被关上了。萤火虫在半空快活地飞着，两片翅膀画着曲曲弯弯的弧线，与追赶她的男生的手指尖儿若即若离，让男生们始终怀有一线希望追逐她，捕捉她。我们甚至

还听到了萤火虫快活的嬉笑声，好像她在跟大家一起做着开心的游戏。

"阿晶，这只萤火虫是不是米粒粒？"乐平平突然问。

"是，是她将教室里的虫子驱净的。"我说。

上课时，我们时常可以看见那只萤火虫从窗口飞进教室，擦着我们的头发、耳边无声地飞过，贴着教室的墙壁、天花板飞来舞去。由于教室里阳光充足，萤火虫的光亮完全隐去了，不留意的话还会以为是一只灰黑色的小蜜蜂呢。有一次，我看见萤火虫静静地停在小檬老师的粉笔盒上，拢紧着两叶蓝色的翅膀，一动不动地注视着黑板。小檬老师正在黑板上写字，那是我们毕业之前学的最后一篇英语课文，大家听得都非常认真。

下课时，小檬老师让乐平平收英语作业本，并且说，这是毕业前最后一次作业，希望一本也不要缺，她要在每个作业本上留下一段最有纪念意义的评语。

收齐了本子，乐平平发现米粒粒的本子也夹在里边。她问："阿晶，是不是你替米粒粒写好了作业？"

"没有啊。"我说。

"反正这是米粒粒的本子，"乐平平皱皱眉头，"上面有蝙蝠窝味儿，不信你闻闻。"

我接过本子，可我闻到的是一股淡淡的花露清香味儿。

"你是不是患了鼻炎？"乐平平不满地瞥了我一眼。

六

一连三天，我没有见到米粒粒了。

从早晨到晚上，校园里充盈着知了的喧嚣，仿佛我们误入了知了的世界，知了正在向我们抗议。教室里没有萤火虫的影子，我觉得夏天似乎被谁篡改了，惆怅像知了的尖叫塞满心房，驱也驱不散。下午放学，我听到了一种奇怪的叫声，不是知了的叫声，不很尖亮，但我的耳膜却一刻也不得安宁。我被这奇怪的声波诱导着来到学校外边的那片杂草丛生的废墟上。在一株葱绿的琴草旁，我找到了奇怪声波的源头。那是一只萤火虫发出的哀鸣。萤火虫是米粒粒。她软软地趴在琴草叶子上，没有夜色的托衬她显得那么平常。她的两根短须无力地垂落着，翅膀和腹部灰白灰白，呈现出生命衰竭的征象。阳光强烈地照着，我无法看清楚她的眼睛了。我担心她也无法看清楚我的眼睛。

"米粒粒！"我轻声唤。

她动了动身子，但翅膀却没有动，好像两叶翅膀根本就不属于她。"你们，不，应该说是我们，什么时候毕业考试？"她的声音十分微弱，仿佛是从很远的一个地方传过来的。

"下个星期一。"

"哦，我也去参加，如果我还能飞得动的话。"她的声音像被包在棉花里，"以前就害怕考试，现在还真有点想念考试呢。"

"你好像病了。"我问。

"不是生病，是衰老了。人间一天，虫间七年，我从学校出来都快有五十天了，能不老吗？看见他们了吗？他们都是我的儿女。"

我这才注意到旁边的几株琴草上聚满了萤火虫，他们大多数翅膀还没有完全长出来。

"哦！"我惊愕得张大了嘴巴，小心翼翼地把米粒粒捉在手心里，仔细地端量着她。她确实是一只很老的萤火虫，纤小身体上的皱纹重重叠叠，仿佛是皱纹堆积起来的一只萤火虫。"那你真的永远也不想回去了？"我问。

"我说过，我现在是身不由己了，有这么多的孩子，我不可能一走了之。再说，我衰老成这样了，学校肯收一个老态龙钟的学生吗？"

"你不变成萤火虫就好了。"

"为什么？"米粒粒显然不满意我的责怪，"在虫子的世界里，我有这么多的儿女，还有那么多别的虫子，如今他们都从心里拥戴我，都愿意听我发号施令。你不知我有多满足多幸福！"

我点点头。但我在心里说，可你已经变得很老很老了。

七

毕业考试那天，妈妈没有上班，她陪我一起去学校，而且还要站在校门外边，一直陪到我考试完毕。六年级几乎百分之百的学生家长都是这样，他们都像我的妈妈一样乐此不疲地停在学校门外，用盛满期望的目光一次一次抚摸着考场。

学校有六个毕业班，一共有三百名毕业生，按照升重点初中的比例，其中只有二十一名功课最优秀的学生可望进入重点初中。所以从老师到家长，对这次毕业考试都十分重视。

要进考场时，妈妈千叮咛万嘱咐，说："阿晶，别分心，专心答自己的卷子，现在可是泥牛过河谁也顾不了谁的时候。"

令我们意外的是，监考是小檬老师。她面带微笑冲我们直点头，这让我们紧张的心情一下变得轻松了许多，那些功课差的同学甚至欢呼："小檬老师万岁！"

但是，窗外的许多家长提出抗议，说："小檬老师，这可是关键的一次考试，你做监考不可以这么温柔的。"

家长们这么一说，小檬老师的表情立即严肃起来，她的眼睛瞪得圆圆的，眼白挂着几道骇人的血丝。一会儿，头发恐怖地一根一根竖立起来，那样子仿佛面对着一教室可恶的虫子。

考场静极了，"沙沙"的写字声宛如好多的虫子在纸张上快速爬动。突然，小檬老师尖叫一声："啊呀呀！"大家抬头看，发现小檬老师的身上爬满了形形色色的虫子，好像她穿了一件图案丑陋的花衣裙。"快来救我呀！"小檬老师吓得流出了眼泪，可是大家对此却无动于衷。因为陪考的家长们都围在窗前，各自在不停地提醒自己的孩子："别分心！安心答卷！虫子没什么可怕的！"

我一直在期盼着米粒粒出现。她空着的课桌上铺着一张空白考试卷，那是在我的建议下，小檬老师放在上面的。我的眼睛不时地朝窗外张望，期待着有一只萤火虫飞进来。我每朝窗外张望一次，都要面对一次妈妈那双严厉的眼睛，并且要听到她的一声警告："别分心！"

一直到考试结束，也不见有萤火虫出现。小檬老师花裙子上的那些虫子在考试结束的铃声响起时才忽然消失了。就在这时，一个男同学突然大声喊："看啊，萤火虫！"

大家循声望去，看见米粒粒课桌上的空白考试卷上静静地躺着一只萤火虫。萤火虫的周身呈灰白色，卷曲着的翅膀像灰色的枯叶儿，右边的一叶翅膀已经开始破碎了，但头顶上的一只发夹却鲜艳无比。仔细看，萤火虫的六只小爪子里还紧紧抱着一支很小的圆珠笔。

"这是米粒粒。"乐平平说。

"是她，"我用黯伤的嗓音说，"她是老死的，再也见不到她了。"

"哟哟——啧啧——"全班同学发出这么一阵长长的惊嘘。

夜里，我把米粒粒死了的消息告诉爸爸妈妈，他们听后吃了一惊，然后沉默起来。

我想问妈妈，快乐真的在每个角落里都会发生吗？但没有问。

西瓜里流出一条河

阿只是个乐于助人的男孩子。

这天早晨上学，他遇到一位头发花白的老爷爷在街口卖西瓜。他同情老人，就跑过去帮着老人吆喝：

"又大又甜的沙瓤瓜，快来买哟，快来买哟——"

经他这么一吆喝，买瓜的人一下子多起来，一堆西瓜很快就卖光了。

瓜摊上还剩下一只瓜，少说也有二十斤的样子。老爷爷说："孩子，谢谢你。这只西瓜送给你了，算作报酬吧。"

"我不要。"阿只说。

"孩子，别客气。"

说罢，老爷爷拿着钱袋子飞快地跑走了，速度快极了，简直就是飞毛腿！阿只纳闷：这么大岁数，腿脚还这么利索。

这时，易大力和刘雷找来了。他们和阿只是一个班的。易大力不高兴地说："害得我们东找西找，你原来在这儿做小买卖赚钱啊！"

阿只说："我是替别人卖瓜。"

刘雷息事宁人地说："快去考试吧，老师在等我们呢。"说着，他抱起大西瓜就走。

考试的时候，大西瓜放在老师的讲桌上，花斑绿皮散发着诱人的光泽，同学们馋得直淌口水。老师坐在西瓜旁监考，表面上她对西瓜毫不动心，其实内心馋得很。因为天太热了，教室里像火笼子，吃一块西瓜拔拔凉爽，多惬意啊！"哧溜哧溜"，教室里响着一片吸口水的声音。

老师偷偷咽掉一大口口水，说："安心答卷，不许馋！"

可是，过了一会儿，老师自己忍不住了，她用小刀偷偷在大西瓜上切开一个三角洞，打算悄悄挖出一小块沙瓤西瓜解解渴。令人惊讶的一幕就在这时候发生了——

西瓜洞里淌出一些粉红色的甜汁，开始时甜汁缓缓淌着，老师像熊舔蜂蜜般地舔吮着。一会儿，甜汁越淌越快，像泉涌一样汩汩外流，老师来不及喝了，惊叫着："哟哟哟！哟哟哟！"

"别浪费了。"易大力说。他第一个跑上去，紧跟着，同学们都扔下笔，争先恐后地跑上前喝西瓜汁。

但是，根本喝不完。西瓜汁越流越快，在教室里弯弯曲曲流成了一条河，凉丝丝、粉红色的西瓜汁把墙壁和人的脸映得红通通，瓜汁清香飘逸，让人陶醉。

"把门窗关上，别让甜汁流到外边。"阿只说。

门窗被关上了。但西瓜汁很快就漫到了窗台上，课桌漂起来，同学们坐在漂浮的椅子上答题，惬意极了。易大力根本就没心思答卷了，时不时拿杯子舀西瓜汁喝，喝了一杯又一杯。

校长来了，他停在窗外问："你们班为什么关门堵窗，不怕中暑吗？"

同学们回答："西瓜汁凉爽得很呢！"

"哦？"校长热得正难受呢，他从小气窗爬进教室，猛地喝了一大口西瓜汁，呛得半天才缓过气，"真凉快呀！"

放学时，老师和同学都是从小气窗爬出去的，一个个让西瓜汁浸泡得浑身芳香四溢，神色甜蜜怡人。当阿只最后一个从窗口爬出去时，奇迹又出现了：西瓜汁河忽然浪起涛涌，随着他从窗口流出去！

这样，阿只如同神话里说的青龙引水下凡，牵着一条西瓜汁河流走出学校。河流离地面有一米高，好像一条粉红色半透明的彩绸飘舞着。阿只向左转它向左转；阿只向右转它也向右转；阿只蹦一下，它也像舞龙者手中的彩绸一样高高抖起。

　　刘雷自告奋勇为阿只当保镖，因为贪财的人免不了会打西瓜汁河的主意。

　　一个女人冷不防从墙后闪出来，用大水桶舀西瓜汁，可舀到桶里的只是几粒西瓜籽儿。有两个小伙子从中看出了门道，他们打算拦住阿只——只有这样才能把西瓜汁河搞到手。

　　"快跑！"刘雷拉起阿只便跑。

　　两个小伙子猛地一扑，"扑通"一声，扑进了西瓜汁河里。

　　阿只故意绕着路旁的一棵大树转，一圈儿，两圈儿，三圈儿……西瓜汁河漩涡迭涌，两个小伙子被漩涡搅得头晕目眩。他们不得不从西瓜汁河里逃出来。

　　天黑了，西瓜汁河悄无声息地流淌着。月光下，它像霓虹灯一般绚丽多彩。阿只和刘雷决定去找卖西瓜的老爷爷，把西瓜汁河还给他。可是老人住在哪条胡同里呢？

　　"跟我来，我知道他住在哪儿。"一个男人热情地说，"不

过，你们得闭上眼睛，最好是睡着了。"

阿只和刘雷闭上眼睛，跟着那个男人走去。爬过一座拱桥，经过两条长长的胡同，走进一间屋子里。原来这是易大力的家，那个男人是易大力的爸爸，他是个财迷精。

阿只和刘雷睁开眼睛，问：“这里是卖西瓜老爷爷的家吗？"

易爸爸支支吾吾地说：“好像是吧。"

“老爷爷在哪儿？"

"在那里。"易爸爸指指里面的一间小屋。阿只刚走进去，门"嘭"一声被易爸爸锁上了。

"现在好了，我们有了一条喝不完的西瓜汁河。"易爸爸高兴地说。

"你爸爸真卑鄙！"刘雷气愤极了。

易大力不好意思起来："爸爸，我可不喝西瓜汁。"

"你不喝，我和你妈妈，还有你舅舅、叔叔、姑姑们喝。"易爸爸的脸一点儿也不红。

就在这时，小屋子里突然响起了惊涛骇浪声，西瓜汁河掀起的滔天大浪撞开窗户，冲出小屋。阿只骑在浪头上，他向刘雷招手道："走啊，去找卖西瓜的老爷爷去。"

刘雷正不知如何是好，西瓜汁河的浪头猛然低下来，一下把他卷到阿只身边。

两个男孩骑着西瓜汁河的滔滔浪头跑走了，身后传来易大力的埋怨声："爸爸，你让我明天怎么去见同学啊？"

雪镇上的美丽传说

雪人想当哥哥

下雪了。漫天飞舞的雪花织成一匹无垠的白帷幔，将隆冬里的小镇一层一层裹起来。远处的景物看不清了，近处的房屋、木栅栏、汽车也变得若隐若现。茫茫雪幔里，北方小镇好似在渐渐隐退，化为乌有。

雪人小藏就是在这时候出现的。他面色惨白，细脖颈举着一颗硕大苍白的脑袋——显然贫血、营养不良。

是啊，入冬以后，雪人小藏一直都在苦苦的思索与苦苦的寻觅之中，没心思吃饭。自己从哪儿来？他想不明白。要往哪儿去？他也不清楚。当然，他深知自己目前很孤独。

镇街空无一人，偶尔有一条身上披着雪花的狗或猫，打小藏身旁惶惶而过，迅即逃进雪幔深处。为什么看不见打雪

仗、滑雪橇的孩子？

噢，小藏不知道，这儿叫雪镇，雪镇的孩子对下雪一向漠然。北方的隆冬由雪主宰，房顶上，树上，电线上，行人的眉梢以及呼出的鼻息，到处是皑皑白雪，有谁还会为下雪的日子激动呢？

可是，雪人小藏希望遇到一个孩子，最好是个和他年纪相仿的男孩子，他们可以一起玩雪，一起交流高山滑雪的技巧。雪人小藏是初次来到这里，他很想很想交上一个朋友，当然不是大人，小藏不太喜欢大人，大人的心难以捉摸，像隔着混沌的雪幔。

忽然，一只满身雪花的瘦鸭子跑来，冲小藏"呷呷"叫个不停。小藏听懂了，雪鸭邀请他去一个地方。雪鸭的扁喙像金子一样黄。小藏跟着雪鸭顺着弯弯曲曲、堆满积雪的街道走去，走进一户人家的院子。

院子里有个胖女孩正在堆雪人。她把雪人堆得很高很高，眼见就要堆好了，雪人倒了。好容易再堆起来，"哗"一声又倒了。胖女孩很气，喊她家大人来帮忙。可她的父亲守在屋里的火炉旁看电视，不肯出来。她的母亲在屋里化妆，也不肯出来。

"叫你们不出来！叫你们不出来！"胖女孩发怒了，挥动着一把木锹狠狠砸向被雪覆盖着的房顶，房顶上的积雪纷纷滑落，"哗啦！"房子轰然塌下。

倒塌的房子里露出女孩的父亲和母亲，可他们依然在全神贯注地做着自己的事情。只是父亲不满意地嘟哝道："电视信号太差了，这么多雪花，电视台怎么搞的嘛。"

对女孩父母的冷漠，雪人小藏感到惊诧。当然，他更惊诧的是，房子的梁柁、墙壁都是用雪末做的，难怪没砸伤人。

胖女孩还觉得不解气，举起木锹要铲那只瘦弱的雪鸭，被小藏及时拦住了。

"我来当你的雪人，"小藏说，"你别生气了。"小藏还想说，下雪天生气容易变丑，可还没等说，就发现胖女孩开始变丑了，嘴巴抻长，像大猩猩。

"哦，活的雪人！"胖女孩高兴了，"既然是可以活动的雪人，那一定很厉害了。你当我的哥哥吧，我没有哥哥。"

"嗯。"小藏答应了。女孩脾气不好，又胖又丑，但小藏不介意。在这陌生的雪镇上，他需要一个朋友，否则，他就很难融入这里，成为雪镇上的一个普通孩子。

"那你现在就去帮我打十九姐妹。"胖女孩说。

"打架？"小藏打了个冷战，身上的雪末掉下了不少。"为啥要打她们？"

"她们长得比我漂亮，功课比我好，跳舞比我好，她们身上还有金达莱香味，一辈子也散发不尽的香味……"

小藏又打了一个冷战，这次的冷战比上一次大，鼻子都抖歪了。

"原来你是个胆小的雪人！"胖女孩失望了。

"才不是呢。"小藏担心女孩再次发脾气。

"那你就去打败她们！"

"去吧。"小藏对自己说。

十九姐妹躲在一幢用雪砌就的堡垒里，她们好像在里面玩扑克牌，因为小藏听到了甩牌的声响，当然也嗅到了金达莱香味。

见胖女孩带着一个陌生的雪人来到，十九姐妹从雪堡垒里走出来。

哇，她们比小藏想象的还要美丽！她们的皮肤雪白，牙齿皓洁，嘴唇粉盈盈。从她们修长的身材来看，至少受过九年正规舞蹈训练。

这让小藏犹豫了——跟一群漂亮、芬芳的女孩子打架，他下不了手。可是，胖女孩硬是把他推到了火线上："勇敢点，像个哥哥嘛！"

小藏被迫与十九姐妹交手。他想乘对方不备来一个闪电式的扫堂腿，然而，扫堂腿踢出去后，十九姐妹没有被打倒，他自己扫断了一条腿。

"哈哈哈——"十九姐妹笑起来。

小藏倒在地上又疼又窘，他多么希望胖女孩上前扶他一把呀。可胖女孩却跑了，速度比猞猁还要快。

教十九姐妹舞蹈的女老师来了。"你们打架了？"她问。

"没有啊，我们在练习舞蹈。"十九姐妹假装跳舞。

舞蹈老师是近视眼，她没看清雪堡里散落着的扑克牌，更没看清和雪天一样颜色的男孩小藏，她只是平静地说："有教养的人不该打架，你们是舞蹈女孩，是有教养的。"

雪人小藏变成瘸子了，他用单腿跳，跳回到胖女孩家。

"喂，小家伙，帮我们垒房子。"胖女孩的父母说。

小藏愉快地点点头。他可是愿意帮助别人的，因为他希望雪镇人接纳他。再说，他最擅长使用雪和冰垒房子，他有把握做好这项工作。一会儿，他就把雪房子垒好了，还在门框上刻上两条冰龙。

"你真能干！"胖女孩的父母夸奖道，"来，住在我们家里吧，我们家缺少一个男孩。"

"不！让他走开！我可不愿意和一个瘸腿在一起。"胖女孩大吵大叫。天，她那厚厚的嘴唇掩住了整个一张脸，丑极了。

"对不起，我们不能留你了。"胖女孩的父母改变了主意。

真奇怪，他们家是孩子说了算。

小藏对女孩说："你不是想让我当你的哥哥吗？"

"我不要瘸腿的，不要！"

小藏想哭，但忍住了，雪人是怕哭的，一哭，脸颊就会被泪水冲出两道沟，闹不好鼻子和嘴巴也会被冲垮。

木篱笆，黑女孩

小藏站在雪幔里，他单腿站立的样子很像一只白鹭。

雪越下越大，四周什么都看不见了。雪下个没完，这对雪人小藏来说是一件绝好的事。要知道，雪人最怕晴天了，太阳一出来，任何一个雪人的日子都将画上句号。

可尽管这样，雪人小藏也高兴不起来。他并不记恨胖女孩，只责怨自己的腿不够结实。雪下得如此之大，镇街上不见一个人影，这让小藏深感孤独。

他想去跟十九姐妹谈一谈，说明他打架并非出于自己的本意，完全是为了交上一个朋友。他还要告诉十九姐妹，腿断了，他并不在意；如果可以的话，他希望加入她们中间，替她们做些什么。他把要同十九姐妹说的话一句一句都想好了——跟漂亮女孩说话，他会紧张，会口吃，所以必须提前想好。

可是，当他快走近十九姐妹的雪堡垒时，又徘徊不前了。他害怕见到那群漂亮的舞蹈女孩。他想，最好能遇到一个滑雪的男孩。和男孩交朋友，他放得开。

雪下得更大了。

不但远处的景物不见了，连眼前的东西也模糊不清了。

雪人小藏迷路了。

其实，小藏不仅仅是迷路，他更迷茫，因为此时此刻，他自己也不知道该去哪儿才是。

他原本计划趁这大雪纷飞的隆冬，到雪镇上交一个朋友，然后在雪镇住下，过上一段舒适的日子，像寒假中的孩子们那样，守在火炉子旁写作业，然后看一个小时的动画片，然后比赛滚雪球、滑雪橇。即使朋友家有一个很凶很凶的父亲，天天揍他，他都乐意。只要能住到这里，当上一个冬天的普通孩子，不管条件有多么苛刻，他都乐意接受。

而现在看起来，这一切比他事先想象得更难。

雪地里出现一个新堆成的小雪人。小雪人伸着一只手，仿佛是在向小藏打招呼。突然，一片大极了的雪片落到小藏的怀中。他意外地发现，那不是雪片，而是一张信笺！上面写着一行笔画纤弱、朝一个方向倾斜着的钢笔字：一直往前走，一直，一直。

是谁写的？他猜不出来。不过，他还是踩着厚厚的雪向前一跳一跳地走。

又出现一个新堆成的小雪人，紧跟着又落下一片大如信笺的雪片。他接到手里看，上面写着：对，一直往前走，别拐弯，一直，一直。

仍是笔画纤弱、朝一个方向倾斜着的钢笔字。雪人小藏心里一阵欢喜，坚定地朝前走去。一连遇到七十七个新堆成的小雪人，眼前突然出现一道黑木篱笆。木篱笆密密匝匝，高高的，一眼望不到顶端，顶端似乎与月亮相连。

小藏想绕过木篱笆，但这已经不可能了。因为他走进一座用木篱笆围起来的院子里，找不到可以出去的门了。就在他走投无路的时候，蓦然发现一个如木篱笆一般黑的女孩。

"雪片字条是她写的吗？"小藏想。

黑女孩儿长得细高细高，脖儿长长，她正在劈柴。小藏不知怎么就想，她不该劈柴，应该去学舞蹈或模特。

黑女孩儿修长的手好似冻僵了，柴刀要握不住了，听到雪人小藏的脚步声，柴刀落下了，砸在脚背上，女孩细声哭泣起来。

小藏的心房紧缩了一下。于是，他用一条腿蹦过去，拾起黑女孩儿冻得冰冷的双手，把它们放在自己的怀里。他想把这双冻僵了的手暖和过来，可他忘记了自己怀里是个冰窟窿。

但奇怪的是，黑女孩儿的双手在冰窟窿里居然被捂出汗了。

"谢谢你。"黑女孩儿笑了。

小藏又拾起柴刀帮女孩劈柴。这时候他想，黑女孩儿一定有个又懒又馋的后母，可能还有一个嗜酒如命的后父。

果然像小藏猜测的那样，黑女孩儿不是父母亲生的。在她很小的时候，她被自己的生母生父遗弃了，她是个弃婴，原因是她的皮肤太黑太粗糙。那一年，也是隆冬，生父生母抱着她从南方赶到北方，把她扔在积雪皑皑的森林里。

一大堆柴劈完了。雪人小藏变瘦了——劈柴时他用力过猛，身上的雪抖落了很多。不过，他并不惋惜自己的身体，因为他看见黑女孩儿笑容甜美。

"你一定很饿了。"黑女孩儿欢快地跑走，一会儿又跑回来，手里托着一块冷饭团。"吃吧，是我烧的，锅里还有很多呢。"黑女孩儿知道，雪人喜欢吃冷饭，吃热东西可受不了。

小藏一口就把冷饭团吃光了。"如果能和她交朋友就好了。"他想。这样想着，他的脸忽然发烫起来，而且越来越烫。他有些怕——雪人万万不可以发烫的，这是常识。所以，他立即打消了刚

才的念头。

"你渴吗？"黑女孩儿关切地问。

"我从来不知道什么叫渴。"小藏说，同时心里又涌过一阵热浪。黑女孩儿的大眼睛很漂亮，他不敢看，一看心里就发烫，就燥热不安。这是他从没有过的体验。

"你要去哪儿？"女孩注视着小藏，一对黑黑的大眼睛盛满着小藏，"一个人在雪地里走，不孤单吗？"

小藏听了，眼睛湿润起来。

"你家住在哪儿？你妈妈放心你一个人在外边吗？你爸爸呢？他们是不是在四处找你？"

小藏无语，眼睛更湿了。能说什么呢？家在哪儿？父母在哪儿？他又是从哪儿来？他一无所知。

"其实，我一个人做这些事情也很没趣。"黑女孩儿看着柴刀讪讪地说。想了想，她又试探着问："可以的话，我做你的姐姐，你愿意吗？"

"嗯！"小藏毫不犹豫地点点头，他的脸微微红起来，眼睛里竟有泪光闪烁。他又开始劈柴，很有干劲，将黑女孩儿需要劈一个冬天的柴都劈完了。

劈好的柴垒成很高很高的柴垛，像一座宫殿。小藏却瘦得像一根细细的柴火棒——他劈柴用力太猛，身上的雪末抖落了一大堆。

黑女孩儿很心疼小藏，连夜为小藏编织了一件又肥又大的粗驼绒毛衣。小藏穿上大毛衣，体型好看多了。

"姐姐。"小藏情不自禁地叫道。

"弟弟。"黑女孩儿把一只手轻轻搭在小藏的肩上。

雪人把自己吓昏了

黑女孩儿只念过一年的书就辍学了，所以她现在没有寒假作业，也没有同学，有的只是高高的黑木篱笆和永远也干不完的活儿。不过，有雪人小藏做伴，黑女孩儿变得很快活。

雪人小藏更是快活。他有姐姐了，他从来没当过别人的弟弟呀。"姐姐，姐姐。"他一遍遍这么叫着，每叫一次内心便储藏一份幸福。他幸福得差不多把一切都忘记了。黑女孩儿也是，从出生到现在，没有人叫她姐姐，也没有人叫她妹妹，好像她和这个世界没有丝毫关系。现在好了，有个弟弟天天和她在一起。

黑女孩儿用木头为弟弟钉了一架大雪橇。小藏坐在雪橇上行走起来很方便，别人再也看不出他是一条腿的雪人了。

"我该为她做点什么呢？"小藏想。噢，有了。小藏把一个美容秘方告诉了黑女孩儿。"用太阳没照过的雪末擦脸，皮肤就会变细变白，试试吧。"他说。

"你嫌姐姐皮肤不好？"黑女孩儿难过了，她误解了小藏的好意。不过，她还是躲着小藏，偷偷用太阳没有照过的雪末，擦拭她那又黑又粗糙的脸。天啊，好神奇，她的脸立时变得光润起来，尽管肤色仍然是黑的，可那也比从前好多了。

这时，她的后母发现了。后母不高兴地说："小黑，快去修电话线。一定是觅食的乌鸦把电线啄断了，破乌鸦！"

黑女孩儿扛着木梯去了。

"姐，等等我！"雪人小藏滑着雪橇在后面追赶。

他们沿着藏在雪幔里的电话线走啊走啊，寻找断线的地方。

"为什么不叫电话工修？"小藏觉得让一个女孩修电话线

不公平。

"雪镇上没有电话工。"女孩说。

"你养父应该出来修。"

"电话线断了从来都是我修理。"黑女孩儿并没认为这不公平，她还告诉雪人小藏，他们家的一切活儿都由她来做，从她记事起到现在一直是这样。

小藏气愤地说："太不公平了。"

沿着电话线找呀找，他们已经走出了雪镇，走进了无边无际的大森林。白雪皑皑，雪花飘舞，在雪幔的掩映下，森林变得缥缥缈缈，宛若幻境。

后来，小藏看见了一只雪鸭，雪鸭在松软的雪地里踽踽独行，雪将它的身子埋没了，只留出半截脖子和脑袋——这使它显得更加孤独了。

是那只被胖女孩抛弃的雪鸭，扁喙金灿灿。小藏将它抱到雪橇上，用驼绒毛衣擦拭着雪鸭羽毛上的雪花。雪鸭"呷

呷"絮语。小藏听懂了，雪鸭在鼓动说：逃走吧，趁着大雪弥漫的时候，机不可失！走出森林就是有菠萝树的南方。

小藏的心猛地一震，是啊，黑女孩儿凭什么要留在雪镇受一辈子苦？

"姐姐，你不想回自己的家乡吗？"小藏问。

黑女孩儿当然想了，可是她不敢逃走，她从来也不敢萌生逃走的念头，况且她也不清楚逃走的路线。从记事起，她没有离开过雪镇一步。

"现在是时候了，"小藏鼓励道，"我来修电话线，让雪鸭把你带出森林。"

"这……"黑女孩儿激动得不会说话了，她恋恋不舍地朝小藏摆摆手，然后跟着雪鸭逃向雪幔的背后。

望着漫天雪幔，小藏难过了，再也见不到姐姐了啊。想着，他悄声哽咽起来，大颗大颗的泪珠滚落，泪珠把脸颊冲得坑坑洼洼。小藏知道，这么哭下去，泪水会把他的面容毁掉的。可是，他没有办法使自己不流泪。

忽然，雪幔闪烁了一下，黑女孩儿又回来了。

黑女孩儿抚着小藏凸凹不平的面颊，心疼地说："姐不走了，不离开你。"

“呷呷呷，呷呷呷——”雪鸭在一边大叫，因为它嗅到了一股金达莱的芬芳。那一定是十九姐妹藏在附近。

果然，黑女孩儿和小藏顺着电话线向前走了几步，便走进了十九姐妹建在森林里的一座雪城堡。

断开的电话线恰好落在雪城堡里。

“小黑，你差一点就逃跑了是不是？”十九姐妹说，“你往哪儿跑呀？我们家待你哪儿不好啦？要不是我们爸妈养你，你早就冻死在森林里了。”

怎么，十九姐妹是黑女孩儿后父家的女儿？雪人小藏吃惊不小。“她们都是你的姐姐？”他问。

黑女孩儿小心地点点头。

“这不公平！”小藏生气地说，“电线就断在堡垒里，你们是姐姐，应该修好它。”

“这是小黑的事情，和我们无关。”十九姐妹傲慢地说，“我们要做的事情是跳舞。”

舞蹈女孩们优雅地梳理着自己的秀发，她们的头发保养得相当好，而黑女孩儿的头发跟她们比起来简直就是绵羊的尾巴。

不知怎么，雪人小藏突然怒不可遏了，“呀——”他驾着雪橇冲向十九姐妹。

雪橇将十九姐妹一个个都撞倒了，舞蹈女孩们吓坏了，忙用雪把自己掩埋起来，让小藏找不着。其实，小藏也吓坏了，他是被自己吓坏了，自己哪来的这么大的力量？

"呷呷呷——"雪鸭报起警来。

是十九姐妹的父亲赶来了。

十九姐妹的父亲是个大块头的北方汉子。"小流氓！"他骂。

"我不怕你！"雪人小藏愤怒地吼道。

他的声音高得很，凶得很。可大汉并不在乎，倒是雪人小藏自己被自己的怒吼吓垮了，他直挺挺地躺在雪地上，双目惊恐。

北方大汉本想来帮女儿们打架，可见到这般情形，便说："我可没碰你一指头。"然后就拖走了黑女孩儿。

七百雪人援兵

一天，舞蹈老师忽然从木篱笆缝隙间发现了黑女孩儿。"天，好一个舞蹈苗子！"她惊喜地叫道。她决定收黑女孩儿学舞蹈。

"她这么黑，像乌鸦，恐怕没有观众喜欢吧。"后母担心黑女孩儿学舞蹈会耽误做家务，更担心黑女孩儿会超过自己生下的十九姐妹。

舞蹈老师说："我编的舞蹈正缺少这样一个黑皮肤的角色呢。"

"可是，我们家的活儿需要她做。"后母继续刁难。

"我来替她做家务。"雪人小藏自告奋勇。

黑女孩儿不再做家务了，她走出了黑木篱笆院子，走进了舞蹈学校。她果然是个不错的舞蹈苗子，而且很快就成为十九姐妹的领舞者。

后母气得咬牙切齿，她把一肚子气撒到雪人小藏身上，让小藏煮饭、背煤、铲雪、上山伐木，让小藏用冰块在雪镇四周砌城墙。她还和丈夫制订了一个计划：用透明的冰块修筑一座世界上最长的速滑高架桥，直通西伯利亚。

这项计划当然需要雪人小藏来完成，而且需要在新年前完工。因为新年到西伯利亚的游客很多，那可是赚钱的好时机。

小藏夜以继日地工作着，做这项工作，需要跑来跑去，

他的那条单腿由于不停地蹦跳已经变得非常脆弱了。可是，看到黑女孩儿舞跳得那么好，他什么也不在乎。何况冰城墙和速滑高架桥建好后，他脸上也有光彩啊。

"你一个人行吗？"黑女孩儿替雪人小藏捏一把汗。

"相信我吧。"小藏信心十足，"你好好学跳舞。"

黑女孩儿用力点点头。但她心里想着一个计划，这个计划她暂时还不想叫雪人小藏知道。

大雪仍在铺天盖地地下着，北方隆冬的这场雪下得好漫长啊！

房屋都被雪埋没了，烟囱和电线杆也不见了。雪镇人家都住在积雪下面，家家户户都有一条雪道通向外面，雪底下布满四通八达的雪隧洞。

雪镇是真正意义上的雪的世界了！

然而，雪人小藏清楚，雪幔不会永远裹住太阳。雪总有一天会停的，北方的隆冬迟早要结束。他必须加倍努力地工作，完成十九姐妹的父母分派的任务，如此，黑女孩儿才能安心学舞蹈。

这天深夜，小藏突然听到远处传来低沉的喊号子声。

是谁？他循声寻去。在距离雪镇一公里远的地方，小藏

遇见了七百个像自己一样的雪人，雪人们正在搬动巨大的冰块架桥面，号子声惊天动地。

雪光通明，小藏能看清每一个雪人的面孔。可是，这么多雪人，小藏一个也不认识。

"噢，小藏总设计师，我们是'七百雪人兵团'，来援助你。"一个雪人说，"请放心，我们百分之百按照你的设计施工，决不自作主张。"

"可我不清楚你们是从哪儿来？"小藏说。

"噢，我们都是你姐姐堆的雪人，她用了三个夜晚来堆积我们，她自己冻得快变成冰人了。"

啊？！雪人小藏大吃一惊，甚至问自己：我不会也是她堆的雪人吧？

有菠萝树的南方

除夕夜的一场舞蹈表演，黑女孩儿和十九姐妹一鸣惊人。

报社记者、电视台记者蜂拥而至，以往闭塞的雪镇忽然变得异常热闹。黑女孩儿是领舞者，自然是记者的重点采访对象。尽管十九姐妹的父母强拉硬拖让记者采访他们的亲生女儿，可是最后报纸上、电视上最突出的形象仍然是黑女孩儿。

十九姐妹的父母又气又懊恼，他们后悔当初不该拾养黑女孩儿。与此同时，他们谋划了一个谋害女孩的计划：把黑女孩儿锁到秘密的冰窖子里，让她在里面刻冰雕，一辈子别想出来。

不料，他们的密谋被雪鸭知道了。

"呷呷呷——呷呷呷——"雪鸭发疯般地叫，从清晨一直叫到深夜，叫得全镇人心烦意乱。胖女孩生气了，她把雪鸭抓进一口腌咸菜用的大瓦缸里，然后搬来大石头压到缸盖上。雪鸭从此与世隔绝。

但是，雪人小藏却依然能听到雪鸭微弱的叫声。他听懂了，雪鸭在说："大事不妙呀，快让你姐姐逃跑呀，快呀快呀！"

"姐姐，你养母养父要加害你。"雪人小藏找到黑女孩儿说，"你快逃走，逃出雪镇，回你的家乡去。"

"要走我们一起走。"黑女孩儿说。

"不行，我离不开雪镇。"

"你不走，我也不走。"女孩很坚定，"我要和你在一起，永远！"

这时，十九姐妹的父母驾着疯狗雪橇跑来了。小藏什么也顾不得了，划起雪橇就逃。

雪橇载着小藏和黑女孩儿像一道电光奔走了。雪橇越跑越快，后来就离开了雪地，像滑翔机一样飞了起来。雪人小藏穿的粗驼绒毛衣被风吹得"嘭嘭"响。毛衣太大了。

十九姐妹父母的雪橇虽是九条疯狗拉的，但它不能像小藏的雪橇那样飞起来，面对远去的小藏和黑女孩儿，十九姐妹的父母望尘莫及。

很快，小藏的雪橇冲出了皑皑雪镇。

很快，穿过大雪茫茫的北方林海和平原。

很快……小藏突然感到浑身一阵剧痛，仿佛骨头和筋被谁抽掉了，豌豆大的汗珠滚落下来，小藏快支撑不住了。

"小藏弟弟！小藏弟弟！"黑女孩儿叫道，"你怎么出了这么多汗？你哪儿不舒服吗？"

"我很好啊。"小藏假装什么事也没有。

而这时，他明白了，他带着黑女孩儿已经彻底逃离了有雪的北方。太阳高照，世界一片葱郁，鸟语花香，空气清润，一只只彩色风筝游弋在空中——他们已经进入了有菠萝树的南方！小藏想让急速滑翔的雪橇停下来，但无论如何也不能——他没有力气控制雪橇了。

"看！菠萝树！"黑女孩儿激动地喊。

"真美丽。"小藏声音很小。

"看！桑树花！"黑女孩儿激动地喊。

"真……漂……亮……"小藏的声音十分微弱。

"小藏弟弟！小藏弟弟！"黑女孩儿摇动着浑身水淋淋的小藏，"你一定饿了，我忘了给你带块冷饭团了，我们逃得太急……啊?!"黑女孩儿猛然发现小藏变成了一块小冰坨，而这时雪橇刚好降落在一棵菠萝树旁。

"小藏弟弟！小藏弟弟！"黑女孩儿抱起小藏，但她抱起的只是一件被雪水浸透了的肥大的粗驼绒毛衣，毛衣被太阳晒得暖融融，里面的冰坨完全融化了。

黑女孩儿把毛衣贴在脸上，悄声哭了。她好难过，好后悔，慌乱逃亡中，她忘记了一个雪人是不能离开有雪的北方的！

黑女孩儿是舞蹈小明星，所以她的身影一出现在南方的菠萝树旁，记者们便赶来采访她。很快，她的生母也来找她了。

"我是你的亲妈妈呀！"生母丝毫不感到羞愧，"走，跟妈妈回家。"

尽管那是自己的生母，可黑女孩儿很麻木，她转身朝火车站走去。生母跟在后边问："你要去哪儿？去哪儿？"

"回雪镇。"黑女孩儿说。

黑女孩儿踏上了北上的列车，怀里捧着雪人小藏穿过的粗驼绒毛衣。她要回到雪镇，堆一个和小藏一模一样的雪人，给雪人穿上粗驼绒毛衣。她会被后母后父关到冰窖里干活儿，可她不在乎。她也知道，从南方到雪镇，路途遥远，到达之后，冬天就结束了，冰雪融化成涓涓溪水。但她想的是来年冬天，来年冬天堆一个和小藏一模一样的雪人！

毛驴的村庄

这里之所以叫毛驴村，是因为有一位热心肠的毛驴当村长。

神奇的石磨

毛驴村闹粮荒了，大伙儿都愁着没有吃的。正在这时，芦花鸡大嫂要孵小鸡娃了。她决定先去找毛驴村长商量给小鸡报户口的事，当然，还有鸡娃娃们出生后吃粮的问题。

毛驴村长正在家忙着磨面粉。其实，他的石磨里只有一粒米，而他却拉着石磨"踢踢踏踏"转个没完。芦花鸡很奇怪，问："您这样辛劳，难道可以把一粒米磨出一大口袋面粉吗？"

毛驴村长笑笑说："我真希望能像您说的这样，因为这是全村唯一的一粒米了。"

"可不是吗，我已经好久没有吃到粮食了，总吃草芽。真不敢想象，当我的娃娃出世时，我如何养活他们。"芦花鸡喋喋不休，眼圈儿红红的。

毛驴村长也很难过，脚步迈得更快了，踢踢踏踏，踢踢踏踏……

毛驴村长不停地拉着磨。月亮升起来时，奇迹出现了：石磨开始"唰唰"地淌下面粉来。毛驴村长拉得越快，面粉淌得越多！芦花鸡惊讶不已，毛驴村长更是纳闷：难道这是一盘神磨？

"好啦，这些足够您还有鸡娃娃们吃一阵子啦。"毛驴村长停下来，为芦花鸡装了满满一袋面粉，又亲自为她送到家。

村民们闻讯后都赶到了磨坊。毛驴村长很兴奋，拉着石磨飞转，银灿灿的面粉瀑布般淌下来……

　　村民们一个个背着面粉欢天喜地地回家了，毛驴村长这才感到累了。"吱——"忽然，他听到一声鼠叫，心想：老鼠家也一定是断了口粮。于是，毛驴村长鼓了鼓劲，又拉起石磨——他要为老鼠家磨一袋面粉。

　　天快亮了，巡夜的绿眼猫来到磨坊，当他知道毛驴村长是在为老鼠家磨面粉时，不悦地说："你完全不应该同情那一家子贼鼠，他们害我们还不够苦吗？"

　　毛驴村长抹一把头上的汗，笑笑说："可我总觉得我们应该用真诚的心去感化他们，至少他们还是毛驴村的村民。"

　　绿眼猫知道村长的倔脾气，便不再吭声，也帮着拉起磨来。

　　东方吐出了鱼肚白，可是不见黑公鸡出来报晓。

　　这时，快嘴鸭跑来了："村长，黑公鸡去请马医生了，芦花鸡病了。"

　　毛驴村长说："那也该有人替他打鸣报晓啊。"

　　快嘴鸭说："我嗓门儿低，做不了。村长，您的嗓门洪亮，还是您……"

绿眼猫也说："这个活儿让村长干太漂亮了！"

毛驴村长想了想，说："好吧，我来试试。"

"昂儿——昂儿——"毛驴村长站在村头山坡上抻长脖子大叫。毛驴村庄在驴鸣声中醒来了。

马医生的马虎药

毛驴村长一夜没合眼，这会儿还要去芦花鸡那儿看看。在村口他碰见了马医生。

"伙计，您不是去给芦花鸡看病吗？"毛驴村长问。

"我的药箱忘在家里了。"马医生不好意思地笑笑说。

望着马医生离去的背影，毛驴村长喊："如果您把马马虎虎的毛病改掉了，那您一定是全世界最出色的医生了。"

然而，马医生终究不是全世界最出色的医生。当他气喘吁吁地把药箱拿来时，却又发现忘记带听诊器了。马医生不得不再一次跑回去。

芦花鸡吃了马医生调配的药，病很快就好了。这天夜里她就开始孵鸡娃了。

深夜，毛驴村长去了芦花鸡的家。他不声不响地围着芦花鸡的木屋转了两圈，发现窗户开着就给关上，门敞着就给掩上。他还发现门外有一篮子鸡蛋，于是，就提着那篮子鸡蛋进了屋。

芦花鸡正蹲在一只装满马铃薯的筐里，见了毛驴村长，高兴地说："您真是位热心肠的村长，我的娃娃还没有出生，您就为他们带来了礼物。"

毛驴村长望着芦花鸡奇怪地说："我真不明白，您不是已经开始孵小鸡了吗，干吗趴在马铃薯上面呢？"

芦花鸡低头一看，惊叫道："咯咯，真是莫明其妙，我的鸡蛋放哪儿去了呢？"

毛驴村长指着手中的篮子说："您把它放在门外，您真够马虎的了。"

"咯咯，我也搞不明白，我为什么会变得这样马虎？以前可不是这样。"

"也许，这和您吃了马医生的药有关系，他人马虎，配出的药也一定马虎。""咯咯，那太糟糕了，我的鸡娃娃怕也会变成一群'小马虎'了。"

"我想不会的，因为鸡蛋是我帮您拎进屋里的，并且我还要亲自帮您捡到那只筐里——我可半点儿不马虎。"说着，毛驴村长就替芦花鸡把蛋摆放进筐里。芦花鸡重新趴在筐里，把二十一只鸡蛋捂得严严实实。

毛驴村长告别了芦花鸡。他惦记着老鼠家的口粮，就又回到磨坊背起磨好的面粉，借着星光，朝老鼠家那边走去。爬上山坡时，他突然感到肚子一阵剧痛，一下就晕倒在草丛里。

十三条鱼和十三碗"狡猾"

狐狸是个游手好闲的村民。这天，他溜达到河边，躺在一块光滑滑的河石上。阳光很好，晒在他干瘪瘪的肚皮上。

快嘴鸭朝河边走来。狐狸看见快嘴鸭心事重重的模样，便将一张小灰脸扭向她："您好像有什么不愉快的事，鸭太太。"

"好像是。"快嘴鸭冷淡地说。

"能告诉我吗？"狐狸表现出很关心的样子。

"你猜出来不是更好吗？"

狐狸眯缝起小眼睛，想了一会儿，说："您也许想有一群鸭娃娃。"

快嘴鸭听了，高兴起来："您很聪明！我正想着求谁帮我孵一群小鸭，唉，这真是一件伤脑筋的事。"

　　"这是因为您缺少我身上一种宝贵东西的缘故。"

　　"什么呢？"

　　"当然是'狡猾'了。如果您想用一点的话……但您必须替我捉到十三条鱼，明天我过十三岁生日。"

　　快嘴鸭点点头，跳到了河里，一会儿工夫就捉到十三条鱼。狐狸十分满意，就让快嘴鸭把扁嘴伸进他的嗓眼里。快嘴鸭吸了一会儿，狐狸说："好啦，我肚子里的'狡猾'至少被您吸去了十三碗。"

　　快嘴鸭把嘴从狐狸嗓眼里抽出来，立刻就觉得自己长了不少的心眼儿。很快，她便想出了一个孵小鸭的办法。

　　快嘴鸭来到芦花鸡家的院子里，偷偷点燃了一堆柴草。大火冲天，芦花鸡顾不得孵小鸡，慌慌张张地跑出来，"咯咯"叫着喊救火。这时，快嘴鸭趁机溜进屋里，把筐里的二十一只鸡蛋换成了二十一只鸭蛋。

　　村民们都赶来了。黑公鸡在火里勇敢地拍打着翅膀。大火扑灭时，黑公鸡被烧成一只秃鸡了。芦花鸡见了，难过地哭起来。

救火的村民中不见毛驴村长，大伙儿都觉得奇怪。老山羊说："村长病了，马医生正在为他做手术呢。"

再说快嘴鸭，她磕磕碰碰地跑出芦花鸡家，路上遇到了狐狸。狐狸说："您干得很漂亮，快把鸡蛋给我。"狐狸抓过快嘴鸭手里装着二十一只鸡蛋的篮子，一溜烟跑到了毛驴村长的家。

马医生正在手忙脚乱地给毛驴村长做手术。毛驴村长躺在手术台上仍昏迷不醒。狐狸走到跟前，说："马医生，我应该帮您做点什么呢？看您有多忙。"

马医生说："你必须把手放到蒸锅里消毒十分钟。"

狐狸按照要求做了，便开始做马医生的助手。趁马医生没注意，狐狸偷偷把带来的那二十一只鸡蛋藏在了毛驴村长被剖开的肚皮里。

阴错阳差

在芦花鸡孵蛋二十一天时，毛驴村长已经恢复健康了，村民们都捧着鲜花来看望他。毛驴村长见到浑身光秃秃的黑公鸡，难过地落下泪来。

黑公鸡惋惜地说："没有羽毛倒不成大问题，只是我的声带被烧残了，再也不能为大家打鸣了。"

毛驴村长说："你是位了不起的救火英雄，全村人都要向你学习。至于打鸣的事，以后就交给我吧。"

这时，街上传来芦花鸡的欢叫声。可是，当芦花鸡走近大家时，村民们个个目瞪口呆：芦花鸡的身后竟跟着一群黄灿灿的鸭娃娃！

黑公鸡跑上前对芦花鸡说："我非常难过，您怎么会孵出一群小鸭来呢？"芦花鸡大惑不解："您说些什么？我一点儿也听不明白，难道我的蛋能孵出小鸭？"

黑公鸡听了直摇头，村民们也都觉得芦花鸡变得很古怪。毛驴村长笑笑说："都怪芦花太太染上了马马虎虎的坏毛病。"

这时，老山羊跑回家，拿来一只防马虎眼镜，给芦花鸡戴上。芦花鸡这才恍然大悟，顿时，抱头大哭起来。

"这究竟是怎么一回事？"大伙儿都问马医生。

马医生急忙翻出一本厚厚的书，看了半天，说："也许，这是一种返祖现象。就是说，在很久很久以前，鸡是由鸭进化而来的。"

黑公鸡不赞同马医生的结论，说："这真让人接受不了！"

马医生说："这只是我的一种推断，也许是正确的。"

正在大家争论不休的时候，毛驴村长突然喊肚子痛，"哎哟哟，哎哟哟——"毛驴村长捧着肚子在地上直打滚。"好像有什么东西在啄我的肠子，哎哟，又在啄我的肝了。"

大家七手八脚把毛驴村长抬到屋里。马医生用听诊器听了听毛驴村长的肚子，惊喜地说："哟，村长，您什么时候怀孕了，我怎么一点也不知道？"毛驴村长苦着脸说："别开玩笑了，我是头公驴，您还不知道吗？"

"我当然知道，问题是您肚子里千真万确有一些小生命在折腾呢！"

"真是活见鬼。"毛驴村长哭笑不得。

马医生开始为毛驴村长接生了，村民们都在屋外等着瞧新出生的驴娃娃。

可是，令大伙啼笑皆非的是，毛驴村长生出的不是驴娃娃，而是二十一只毛茸茸的小鸡！

大伙儿都嚷："村长，您的娃娃应该是一头壮实的驴驹儿，为什么会是一群小鸡？"

毛驴村长倒很开心："我早就说了，我是公驴，公驴当然只能生小鸡啦！"马医生在一边又忙着翻书，边翻边说："也许，这又是一种返祖现象。"

老山羊的驴尾巴

自从快嘴鸭干了那件坏事之后，心里一直忐忑不安。

当她看见自己的鸭娃娃们在芦花鸡跟前快乐地戏耍时，终于忍不住了。她找到毛驴村长，流着悔恨的泪，把事情的真相说了出来。毛驴村长听了，没有责怪她，反而鼓励说："能认识到自己的错误比什么都可贵，快带着鸡娃娃到芦花鸡那儿换回你的鸭孩子吧。你现在做妈妈了，我祝贺你！让一切重新开始吧！"

快嘴鸭点点头，带着二十一只鸡娃娃去找芦花鸡。

这时，绿眼猫从树林那边跑过来，喊："村长，狐狸把石磨偷去卖掉了，我们把他抓了回来！"

毛驴村长听了，大吃一惊。说话间，老山羊和马医生把狐狸押到毛驴村长跟前，狐狸吓得缩成一团。

毛驴村长气愤地说："你把石磨卖了，村民们吃什么呢？"

忽然，黑公鸡发现老山羊的尾巴不见了。绿眼猫说："一定是刚才老山羊同狐狸厮打时被咬断的。我提议，把狐狸的尾巴赔给老山羊。"

"对，应该这样！"大伙儿都称赞。

狐狸吓得紧紧夹住尾巴不放。

毛驴村长说："马医生，还是把我的尾巴移给老山羊吧。"

大伙儿都反对，可是，毛驴村长的倔脾气又上来了，大伙儿就不好再争执了。

毛驴村长从手术台上下来时，变成了一头秃尾巴毛驴。村民们都替毛驴村长难过。狐狸痛哭流涕，恳求道："村长，把我的尾巴送给您老人家吧！"说着，抓过马医生的手术刀就要割自己的尾巴。

毛驴村长拦住他说："你能重新做一个好村民，我即使没有尾巴也高兴。"

狐狸擦擦眼泪："您放心，我现在就去把卖掉的石磨找回来。"说完，狐狸就朝远处的山路跑去了。

这时候，马医生把老山羊的驴尾巴接好了。老山羊兴冲冲地走到大伙儿中间，大伙儿见了都捧腹大笑。原来，马医生把驴尾巴错接在老山羊的肚皮上了。马医生羞愧得无地自容。老山羊悄悄跑回家，拿来了他心爱的宝物——防马虎眼镜，送给了马医生。马医生感激地说："谢谢您，有了防马虎眼镜，以后我就不会再马虎大意了。"

丰收的毛驴村

鸡娃娃、鸭娃娃们一天天长大，没有粮食吃，一个个都饿得"叽叽""呷呷"叫，村民们都在焦急地等待狐狸找回神奇的石磨。

夜里，毛驴村长正在为粮食发愁，突然，老鼠一家子涌进了屋。

鼠老大说："村长，我们全家谢您来了，您为我们送面粉累病了，真不好意思。"

鼠老二泪流满面，说："感谢村长对我们的宽容，从前我们偷了粮食，做了许多对不住村民们的事，惭愧，惭愧！"

说着，鼠老大和鼠老二带领全家给毛驴村长叩起头来。

"不要这样。"毛驴村长把老鼠们一个个扶起来，说："我十分高兴你们能悔过自新，成为优秀村民。"

鼠老大说："我们准备为村民们献出一些粮食。"

毛驴村长问："你们有什么好办法搞到粮食？"

"暂时保密。"鼠老大狡黠地笑笑。

老鼠一家连夜把洞里囤积的一些玉米、高粱、大豆都浸上水，又撒上一些速效生长素，玉米、高粱、大豆很快就生出壮实实的芽儿。

次日凌晨，毛驴村长出来替黑公鸡打鸣报晓时，发现地面"簌簌"地变得松软起来，仔细听听，有一种悦耳的声音："咻溜儿——咻溜儿——"正纳闷间，就见地面上冒出一片片新绿绿的庄稼苗儿。

"天哪！"毛驴村长惊讶极了。等他打完鸣从山坡上回来时，毛驴村便完全变成一大片茂实的庄稼田了！

庄稼长得飞快，发出阵阵脆生生、响甜甜的拔节声儿。有意思的是，芦花鸡家的木屋，快嘴鸭的草舍，还有更多村民住的屋子都被密密匝匝的庄稼擎到了空中。毛驴村变成了空中村庄！鸡娃娃、鸭娃娃像鸟儿一样在玉米、高粱秸上跳来跳去。

"请村民们注意爱护庄稼！"老鼠一家在庄稼田里大声喊着。

几天之后，毛驴村的庄稼就结满了丰硕的果实。在毛驴村长下令开始收割庄稼那天，狐狸滚着找回的石磨从山路那边跑下来了。

狐狸不仅找回了神奇的石磨，还找到了老山羊的那条断尾巴。

老山羊说："村长，这条尾巴就送给您吧，我如今用您的这条驴尾巴已经习惯了。"

毛驴村长点点头："好啊，你的这条尾巴短虽短了点儿，但却招人喜爱。不过，断了这么久的尾巴能接活吗？"

马医生十分有把握地说："当然可以，我这儿有'还生'药水。"

于是，马医生就开始为毛驴村长接羊尾巴。这回，马医生可没有马马虎虎地把尾巴接错地方——他戴着防马虎眼镜呐！

姥姥的小圆镜

一

阿吾过十岁生日那天，收到远在牡丹江的姥姥寄来的一面小圆镜，小镜有玻璃杯口那么大。这是姥姥给阿吾的生日礼物。阿吾一点也不高兴。十岁生日对于一个小学生来说很重要，阿吾觉得姥姥根本就不重视她。

妈妈说："那镜子是姥姥小时候用过的，有意义呢。"

爸爸也说："对啊，老人用过的东西都是宝贝呢。"

阿吾不愿听这些，在她看来，姥姥应该寄给她一份礼金：一千元。李西湖过十岁生日时就收到奶奶一千元钱的红包呢。

李西湖是阿吾的同桌。阿吾没敢在他跟前提起姥姥寄来的小圆镜，她认为这是一件丢人的事。

偏偏李西湖哪壶不开提哪壶，一遍一遍问她："你姥姥给你寄来什么礼物？说啊，说啊。"活生生把阿吾给问烦了，她随口说："宝镜。"

仅仅是一句气话，可一根筋的李西湖却偏要当真，非要阿吾拿给他看。

"在家里，你去看吧。"阿吾没好气地说。

李西湖真不愧为一根筋，放学后他真要去阿吾家看宝镜，那样子就像一只馋猫咬住了鱼尾巴，缠着阿吾不放。阿吾简直要气晕了，她急着去少年宫学舞蹈呢，就说："一根筋，求你别来折磨我了，拜托啊！"

"我也拜托！就让我看一眼，看看宝镜什么样。"李西湖不屈不挠。

"既然这么想看，还不如花钱买去好了，你可以天天看，看个够。"阿吾自己也不知道怎么会冒出这么一句话，但这句话启发了李西湖。

"买就买！你想卖多少钱，开个价吧。"

"一千元！"

阿吾狮子大开口，以为会把李西湖吓跑，不想，李西湖连眼睛都没有眨一下就从书包里掏出一千元钱，拍到她的手里，说："一言为定，成交！"

阿吾吓一跳："你真想买？"

"非儿戏也，拜托！"

"那好吧，明天上学我把镜子带给你，你可不要反悔哦。"

"我反悔过吗？"

这样，阿吾拿着一千元钱去少年宫，李西湖则回自己家了。

晚上，阿吾从少年宫下课跑回家，一头钻进自己的房间里数一千元钱。她有些心花怒放，但又有点不安。一面小圆镜，很旧了，卖一千元钱，太黑了点吧？要是传出去，同学们准会骂她是小奸商。

正想着时，李西湖来电话了，叮嘱阿吾明天一定把小镜子带给他。他是担心阿吾反悔呢，还对阿吾说，如果嫌钱少，他还可以加码。阿吾不想再加价了，她只提醒李西湖这件事一定要保密。

二

第二天上学，阿吾把小圆镜给了李西湖，又叮嘱一遍："记住，千万不要对别人说是我卖给你的。""不会的，放心吧。"李西湖承诺道。

课间时出问题了。

李西湖拿着小圆镜在阳光下晃着玩，体育委员问他："从哪个垃圾箱捡的小镜子？"

"什么捡的？是我花钱买的！"李西湖不想让体育委员小瞧他。

"从哪个地摊买的？"

"什么地摊？是买阿吾的！"

"花几分钱买的？"

"什么几分钱？是一千元！"

"啊？！"体育委员大吃一惊。

体育委员是班里有名的"梁山好汉"，好打抱不平，他认为李西湖被阿吾黑了，就去找阿吾理论。

"阿吾，你也太奸商了吧？我这就去告诉老师。"体育委员说。

阿吾慌了，但她还算机灵，撒谎道："小镜子不是我的，我根本就没见过那东西。"

李西湖这时也跑来打圆场，说："对对对，我不是买她的，是在古玩市场里买的。"

体育委员讨了个没趣，放开阿吾，骂李西湖道："一根筋，你耍我啊！"

事情就这么平息了。

但下午上自习课时又出问题了。

老师不在教室，大家都埋头写作业。李西湖有点寂寞，阳光这时刚好洒在课桌上，他想拿小圆镜晃阿吾的脸，但他忽然惊叫一声："呀！这是谁？"

原来，小圆镜上面映出一个小姑娘，小姑娘很漂亮，但瘦弱弱的，四肢细若火柴杆。

"她是谁？"李西湖问阿吾，阿吾一头雾水。

"阿吾，我是你姥姥。"镜中小姑娘居然说话了。

"姥姥？你这么小，怎么会是我姥姥？"

"我是小时候的姥姥，"镜中小姑娘说，"后来才长大了，变成了一个年轻的母亲，慢慢又变成了一个老太婆。"

太不可思议了！阿吾有点懵了，李西湖则大喜，大声喊起来，全班同学都被他喊来了。

这时，小圆镜里出现了大海，小姑娘在捞海菜。突然，一个海浪扑来，把小姑娘打倒了，倒在水里。这时，一个黑瘦的小男孩跑来把小姑娘扶了起来。

接着，小圆镜里又转了一个场景：寒风呼叫的傍晚，小姑娘捧着一只铝盆在排队买豆腐。队伍很长很长，小姑娘的脸像块薄玻璃似的，上面有一道道细碎的裂纹，是被风皴的。她终于买到了一块豆腐，她把鼻子贴到豆腐上使劲儿闻，一边闻一边往家跑，扑通！她让路上的冰滑了一跤，豆腐摔到地上，碎了，脏了。小姑娘难过地哭了。天很黑很黑了，她不敢回家，站在巷口，捧着摔碎了又脏了的豆腐，脸上写满了惶惑不安。突然跑来一条野狗，不，是一条狼，它龇牙咧嘴，抢下小姑娘手里的豆腐，几口就给吃了。之后，它又朝

小姑娘龇牙咧嘴，很显然，它想吃小姑娘！小姑娘吓得脸色煞白……

看到这里，全班同学都紧张地屏住了呼吸，大家都很想帮助镜子里的小姑娘，可有劲儿使不上，就像看电影，明明看到坏人在残杀好人，可你只能干着急。阿吾实在不忍心看下去了，她一把从李西湖手里夺去小圆镜，把小圆镜翻过来。小姑娘和狼消失了。

可李西湖很想接着看下去，看看狼有没有吃阿吾的姥姥。同学们也都想知道这个结果。阿吾却死死捂着小镜子不让看。

"这是我的小圆镜，"李西湖说，"给我！"

"不是你的，是我的。"阿吾说。

"阿吾，你到底什么意思啊？"好打抱不平的体育委员开口了，"刚才你说小镜子不是你的，怎么又说是你的了？就看李西湖好欺负了是不是？"

"这本来就是我的，是我姥姥从牡丹江寄给我的生日礼物。"

李西湖说："你卖给我了。"

"我不卖了！"阿吾拿出一千元钱，塞到李西湖怀里。

见到一千元钱，同学们都惊讶地瞪大了眼睛，"哇——哇——"地叫着，有人还骂阿吾是小奸商，小黑心。但阿吾没有反击，她认了，只要能拿回小圆镜。

一会儿，老师进了教室，大家都各就各位了。

三

可是，李西湖是个一根筋，他想得到的东西必须得到。放学后，他又缠住阿吾，这回还带来了体育委员帮他主持公道。

"要不，我出两千元钱买你的小镜子，怎么样？"

"两百万也不卖。"阿吾很坚定。

李西湖还是不弃不舍，说："是我发现小镜子里的秘密，我是功臣，你必须把小镜子分一半给我。"

"对，至少要分一半给他。"体育委员做调解。

"一半？做梦吧。"阿吾走了。

李西湖急了，呼一下扑上去，想抢走阿吾手里的小圆镜，两人撕扯成一团。啪一声，小圆镜掉在地上，摔碎了，碎成了八块儿。阿吾傻眼了，李西湖捡起一块儿碎镜片跑了，不过他不想被人骂成强盗，他扔给阿吾两百元钱。

阿吾捧着碎镜片难过地想哭。她不想责怪李西湖了，当初是她提出卖小圆镜的，祸从她起，何况这之前她对小圆镜根本就没看上眼儿，她只想得到钱，她一直把钱看得很重要。

回到家，她把碎镜片拼在一起，用透明胶粘了起来。小圆镜虽然碎了，还缺了一块儿，但模模糊糊还能看到里面的故事。镜子里姥姥最终没有被狼吃掉，因为很快就跑来一个黑瘦的小男孩，他帮小姑娘打跑了那条饿狼。

阿吾禁不住问："他是谁？"

"他呀，就是你现在的姥爷。"镜子里的小姑娘羞涩地说。她的脸不但模糊，还布满一道道裂痕，像被刀子割的，那是因为镜面上有一道道碎纹啊。漂亮的小姑娘显得丑了。

阿吾心里难过极了，都因为她，镜子里的姥姥才变丑了。她想起妈妈和爸爸的话："那镜子是姥姥小时候用过的，有意义呢。""对啊，老人用过的东西都是宝贝呢。"她把小圆镜贴到嘴边，深情地说："姥姥，对不起您，请原谅我吧。"

这以后，阿吾一直把小圆镜珍藏在自己的抽屉里。她想，等将来自己老了的时候，小圆镜里会不会也记录着自己的一些故事呢？

我和我的蜘蛛丝

一

我喜欢吃点稀奇古怪的东西，比如说纽扣、橡皮筋儿、鲨鱼的牙齿。有一段时间，我忽然很想吃活蜘蛛。

医生警告我说："蜘蛛有毒，千万不能吃。"可我无论如何也控制不住自己，便偷偷吃了一只。但我没有被毒死。接着，我又吃了第二只，第三只……后来竟发展到每顿饭必须吃上一碟子。

一天，我觉得肚子胀得厉害，而且两只鼻孔痒得我坐立不安。我用手指挖鼻孔，挖着挖着，我觉得好像挖到一种黏汁似的东西，往外一抽，天，我居然从鼻孔里抽出一根银光闪闪的蜘蛛丝！我不停地抽呀抽，一会儿就缠出一大球蜘蛛丝。我这才觉得肚子好受了。

我发现这种蜘蛛丝的黏性、弹性以及拉力特别强。我找人为我用蜘蛛丝编了一件毛衣外套，穿到身上，既漂亮又华贵。一时间，我成了我们这座城市穿着最时髦的年轻人。许多小姐和太太追在我屁股后面问："先生，您穿的毛衣绒线是从哪儿买的？"对于她们的询问，我不得不以沉默回应。

想想看吧，如果人们得知我的蜘蛛毛衣绒线是从鼻孔里抽出来的，那他们不把我当成蜘蛛精才怪哩！

这天早上，我身穿蜘蛛丝外套乘公共汽车。一位好心的老先生悄声对我说："小伙子，你怎么不把钱包装到衣兜里？当心扒手。"我的钱包是随便粘到胸前的——我的外套根本就没有也完全没有必要有衣兜，因为它的黏性超强，把钱包粘在上面比装进兜里还要安全。

老先生见我对他的忠告毫不在意，小声咕哝道："不听好人言，吃亏在眼前。"

过了一会儿，真的遇到了扒手。

一只手偷偷捏住我胸前的钱包，拽了一下。嘿，我的钱包纹丝未动，扒手的手却被蜘蛛丝外套牢牢粘住了。

"哎哟哟，我的手……"扒手大叫。

我对他说："有什么好嚷嚷的？乖乖跟我去警察局好了。"

二

就是因为这该死的扒手，才耽误了我要参加的一场橄榄球赛。

从警察局出来，我拼命往球场跑——扒手耽误我的时间太久了，因为他那只手被我的蜘蛛丝外套粘得太牢，两个警察折腾了半天，才将他的手拽下来。扒手疼得哇哇叫，蜘蛛丝外套居然把他的手粘脱一大块皮。

橄榄球赛已经开始了。我们队还缺一个人，正是我。

教练气急败坏地冲我嚷："你把我的脸丢尽了，我的队员从来不会在比赛的时候迟到！"

我吓得话都说不出来，要知道，我是入队不久的新手，规模这么大的比赛我还是头一遭经历。我真有些慌，连运动衣都忘了换，就一头跑进赛场里。可倒霉就倒霉在裁判并没有发现我的这一疏忽。

一个队员将球远远抛向我，我奋力跃起，抱住了它。对方队员如同一群饿狼向我扑来，他们把我团团围住，我不得不抱球趴在地上。

问题就出在这儿，有三四个对方队员由于贴在我身上，被蜘蛛丝外套牢牢粘住了，好多人来拽也拽不开。还有两个队员想趁机夺我怀里的球，但他们累得眼珠子都鼓了出来，也没有夺下球。我的蜘蛛丝外套黏性太强了！

赛场上乱作一团，裁判员只好鸣笛停赛。就这样，我被罚出场外，同时我也被教练炒了鱿鱼。

三

听说一个杂技团来招聘演员，我准备去应试。

当一名杂技演员是我向往已久的事情，我认为自己具备其他杂技演员无可比拟的特殊条件：我体内含有大量蜘蛛丝，所以身轻如燕，这对于从事高空杂技表演非常重要。

刚开始见到我时，杂技团的老板，那个秃顶家伙，对我并不感兴趣，一个劲儿说我的腹部与全身不成比例，容易令人联想到大肚子蜘蛛。我听了一点儿也不灰心，我打算用自己出色的表演来征服他。

我在考场大厅上空拉起一根长长的蜘蛛丝，然后如履平地般在上面走"钢丝"，间或还来个空翻、倒立什么的。

秃顶老板看得目瞪口呆，连声叫绝。我成为他这次唯一聘用的演员。

受全城观众的盛邀，在一个风和日丽的假日，我在凯旋广场的两座大楼之间扯起一根蜘蛛丝，开始了举世无双的惊险杂技专场表演。毫无疑问，我极度刺激的高空走"钢丝"表演赢得了人们惊天动地的喝彩。

许是由于我兴奋得忘乎所以，在演出即将结束的最后时刻出了一点小失误——我从蜘蛛丝上掉了下来。观众们发出一片寒风般的吸冷气声。

但是，我却纤毫未损。

在我掉下的同时，鼻孔里抽出一根蜘蛛丝，它像一条安全带似的将我吊在半空中。在观众重新响起的一片惊呼声中，我安然无恙、摇摇荡荡顺着蜘蛛丝攀回原处。妙就妙在，观众把我的这一失误完全当作了有意搞的一个小插曲。

我成了我们城市红得发紫的杂技明星。

四

当上明星后我才明白，明星不易。每天我除了要拿出很多时间来应酬记者的采访，此外，还要肩负许许多多与市民生活息息相关的任务。比如说，帮电业局架设电线，协助电视台摄像师在空中抓拍花样跳伞运动员的精彩动作。

这天，市长找到我，说："真不幸，明星先生，刚才接到一份紧急通知，二十四小时后有一颗小小的行星将在我们城市上空坠落，行星虽小，但它足可使全城乱成一锅粥。"

我听后不禁一惊，这太可怕了，那些有心脏病的人即使不被行星砸死，也会被吓死的。

"我能做点什么呢？"我焦急地问市长，"您吩咐我做什么，我都会愉快接受。"

"用你的蜘蛛丝在城市上空结一张大网，这样可以接住从空中落下的陨石。"

"让我尽力而为吧。"

于是，我开始了这项既紧张又规模宏大的防空工程。

市长派给我一架直升机，我利用城市四周的山顶，拉起一百根蜘蛛丝作经线，然后马不停蹄地在上面爬来爬去结网扣儿。

我结网的技术比蜘蛛要高明一百倍，速度也快一百倍。我把网扣儿结得密密匝匝，如此才不至于使那些细小的陨石碎块儿落到人们的头上。

可是，就在一张大蜘蛛网刚结完时，我被一阵突如其来的飓风掀跑了。

我像颗小谷粒，被大风刮得在天空中翻飞滚动，幸而天空上云朵是软绵绵的，不然，我非被撞得鼻青脸肿不可。等我好不容易立稳脚跟时，我发现我被飓风刮到了埃及沙漠中的金字塔上。

五

到古国埃及一游虽然是我多年的夙愿，而此时此刻我却毫无这份雅兴，我所关心的是我结的那张大蜘蛛网是否被飓风破坏，还有我们的城市在天外之星到来后的命运。

用最快的速度返回去。我对自己说。可这毕竟是万里迢迢，又隔山隔海，我几时才能返回去啊！

正着急时，我突然发现一根蜘蛛丝在空中飘飘闪闪。嗬！那正是我被飓风刮走时从L城那边拉过来的！真是天无绝人之路。

我振作起精神，沿着这根万里之长的蜘蛛丝，开始了旅行式的空中走"钢丝"。我踩着蜘蛛丝，越过海洋，翻过重山，就在我累得疲惫不堪时，"砰"一声，蜘蛛丝突然从埃及金字塔那边断开来。幸亏我的蜘蛛丝有极强的弹性，它像金属琴弦一样，一下就把我弹回了L城。

天哪，我欣然看到，我结的那张大蜘蛛网竟完好无损地平张在我们城市的上空，网上兜满了大大小小的陨石碎块儿——显然，这场自天而降的大祸对L城没有构成一点儿威胁。

人们载歌载舞欢迎我的归来。孩子们抢着往我脖儿上套花环，我的脖儿被花环压得一阵阵发酸。

市长走过来，紧紧地拥抱住我，许久才松开，说："你为L城立了大功！"

我指指天空中的蜘蛛丝网说："我负责将它清除干净。"

"不，"市长笑着摇摇头说，"让它留在那儿好啦，这是一种比埃及金字塔还有观赏价值的景观呢！我们准备开发利用它。"

就这样，因祸得福，我们L城因为这张大蜘蛛丝网，很快便闻名于世，国内外游客纷至沓来，全城人都跟着光彩呢！

一天，医生检查我的身体后，惋惜地说："先生，您不能再吃蜘蛛了，因为您的内脏已全让蜘蛛丝粘在一块儿了，您的生命将受到威胁。"

我点点头，向医生发誓再也不吃蜘蛛了。因为我爱我的城市，我不想早早离开它。

纽扣遥控开关

啦啦有办法管住自己了

"啦啦管不住自己。"妈妈这样说。

啦啦不高兴妈妈这样评价自己。

"不是这样吗？"妈妈一针见血地说，"你制订的作息时间表上明明写着晚上八点睡觉，可你每天晚上看电视都要看到半夜；你曾经三次起誓，为了保护好牙齿，决不再贪吃一粒糖，可妈妈为客人准备的两盒水果糖不都是让你偷吃光了吗……"

妈妈说的完全是事实。啦啦哑口无言，但是他暗暗下决心：这回一定要想办法管住自己，让妈妈的话见鬼去吧。

啦啦来到邻居达伯伯的家。达伯伯是个很了不起的业余发明家。晚上，别人看电视、打牌，达伯伯却把自己关在小屋里，画呀算呀，拆呀做的，很多了不起的发明创造就是从小屋里诞生的。

"达伯伯，您是用什么好办法管住自己的？"啦啦问。

达伯伯笑道："说难很难，说容易也很容易。"

"那，您教给我很容易的一种办法吧。"啦啦恳切地说，"我很想管住自己。"

达伯伯爽快地答应了。他小心地从自己胸前摘下一只形状像纽扣的遥控开关，替啦啦安装在肚脐眼上，说："需要的时候，按下开关，就可以管住自己啦。"

啦啦高兴地回家了。

晚上，啦啦在看电视，电视播放《葫芦小金刚》，啦啦看得津津有味。八点的钟声敲响了，妈妈提醒他："啦啦，该睡觉了。"啦啦说："再看一分钟，就一分钟。"可是，话音刚落，不知从哪儿来了股力量，"嘭"一下把他抛到了床上，电视自动关闭。啦啦一会儿就睡着了。

原来，这都是啦啦肚脐上的纽扣遥控开关起的作用。

早晨，妈妈热好了饭，喊啦啦："该起床了，贪睡鬼。"

啦啦连动也没动，还在那儿呼呼大睡。

妈妈走过去拍啦啦的屁股，"啪！啪！啪！"啦啦还是没有醒。妈妈又拍啦啦的肚子，"啪！"刚巧把遥控开关拍开了，啦啦立刻从睡梦中醒来。

放学的时候，家里来了客人，桌上摆了一大盘水果糖，啦啦馋极了。客人看出来了，拿起一块糖说："吃吧，啦啦。"啦啦刚要伸手接，忽然感到牙齿一阵剧疼，心想：又是纽扣遥控开关在管自己了。于是，啦啦就不再想吃糖了。

并非感冒

吉里是外国小孩，祖父在中国工作，吉里跟祖父来中国读书，和啦啦是好朋友，他们在一个班。

放学了，吉里说："啦啦，我们比赛打网球，好吗？"

吉里家有个非常漂亮的网球场，还有一个会做网球裁判的机器狗。啦啦很想同吉里比赛网球，可是他还有事情没做完：妈妈让他为生病的外公送水果。啦啦怕抵挡不住网球的诱惑，便悄悄关上了纽扣遥控开关。

"去吧，啦啦，"吉里软缠硬磨，"我家的机器狗做裁判准会偏向客人的，你准能打赢。"

纽扣遥控开关关上了，啦啦便变得无比坚定，他说："不去不去就不去！"

"啦啦，如果你答应去打网球，我就送你一件最珍贵的礼物。"吉里不死心。

"不去不去就不去！"啦啦丝毫没有动心。

吉里终于泄气了。

啦啦说："我们一起去医院给外公送水果。"

吉里连连摇头："我顶顶讨厌医院，里面有药味儿，我才不去呢。"

"不去算了。"啦啦一个人迈着坚定的步子朝医院走去。

真奇怪，吉里嘴上说不去，腿却不由自主地跟上了啦啦。

啦啦高兴地想："看起来谁最坚定谁就可以管住自己，战胜别人。"

到了医院，吉里感到自己的嗅觉忽然失灵了。他没有闻到一点儿他顶讨厌的药味儿。

"糟糕，我准是患了感冒。"吉里揉了揉鼻子，"爷爷又要带我看医生了。"

"还是请啦啦医生为你治病吧。"啦啦神气地说。

"打针吗？"吉里害怕地问。

"放心，啦啦医生决不会让你感到一点儿痛。"

原来呀，是啦啦使用纽扣遥控开关把吉里的嗅觉器官关住了，他才闻不到药味儿。

看完外公，出了医院大门时，啦啦对吉里说："现在啦啦医生给你看病。"

说着，他悄悄朝肚脐按了按，把遥控开关打开了。

"我的鼻孔通了！"吉里惊喜地叫道，"啦啦医生真神啊！"

惩罚机器狗

啦啦的外公患的是脑血栓。从前，外公很喜欢体育运动，常同吉里的祖父打网球。现在外公瘫痪在病床上，心里很痛苦。

啦啦突发奇想：纽扣遥控开关既然能关掉吉里的嗅觉，可不可以用它帮助外公打开被堵塞住的脑血管呢？

趁外公睡觉的时候，啦啦把遥控开关对准外公的头部，轻轻打开了。"咕咚——"啦啦听到血流将外公血管里的阻塞物冲开的声音。外公冷不丁从梦中惊醒，一下从病床上跳到地上。

"啦啦，外公不是在做梦吧？"老人万分激动，抢抢胳膊，踢了十几个飞脚。

"哦？"医生惊讶至极，"这，这是怎么回事？"

外公康复出院了，吉里的祖父前来祝贺。外公说："我很想和你痛痛快快打一场网球。"吉里的祖父求之不得，说："那就走吧，我们决一雌雄。"

机器狗将网球场的草坪修剪一新，又蹦到架台上做裁判。比赛开始了，外公精神状态很好，吉里的祖父感到越来越吃紧，比分拉开了距离。机器狗裁判员替主人着急，开始偏向吉里的祖父，连连做出错误的裁决。

啦啦很生气，他向机器狗表示抗议。机器狗不但不理睬，还"汪汪"朝啦啦要威风。啦啦愤愤地想："我非要教训教训你这个不公道的裁判不可。"

比赛结束了，当然是吉里的祖父胜了。机器狗高兴得又唱歌又打怪口哨儿。啦啦对准机器狗拨开了纽扣遥控开关，机器狗立刻像条疯狗一样围着网球场奔跑起来。啦啦把纽扣遥控开关拨到最高档，机器狗奔跑的速度越来越快，一会儿竟离开地面，沿着网球场飞起来。

吉里说："啦啦，这样飞下去，机器狗的电脑会报废的，求求你饶过它这一次吧！"

啦啦大声问机器狗："你是不是感到很惭愧？"

"惭，惭，惭，愧，愧，愧……"机器狗边飞边说，气喘吁吁。

啦啦这才关上纽扣遥控开关，机器狗从空中降下来，呆头呆脑地站在啦啦面前。

啦啦又拨开纽扣遥控开关，机器狗这才行动自如，毕恭毕敬地给啦啦鞠了九个躬。

满足的结果

语文课上，老师说："今天做复习，明天考试，大家比比看，谁能考 100 分。"

啦啦对吉里说："我准能考 100 分。"

吉里羡慕地看看啦啦。吉里最害怕语文考试，他的汉语学得一塌糊涂，比如，他经常把"很""狠""恨"三个字混淆。

但是，吉里非常认真地复习功课，因为他心里有一种动力在敦促自己——祖父有言在先：如果吉里考上 100 分，就准许他在暑假里回国与爸爸妈妈团聚。吉里非常想念爸爸和妈妈，他下决心考 100 分。

啦啦语文学得特别好，每次考试都少不了 100 分。老师在一遍一遍为大家做辅导，可啦啦觉得老师像一个喜欢唠叨的老太婆儿。啦啦不想听，于是就悄悄关上纽扣遥控开关。这样，他的大脑就停止了工作，坐在那儿发呆。

放学了，啦啦邀请吉里去游泳，吉里怕耽误复习功课，便没有答应。啦啦走后，吉里在花园里拼命背诵课文，一直到太阳落下，月光将花园洒上一片水似的银辉时才回家。

第二天，啦啦问吉里："有把握考 100 分吗？"

吉里摇摇头说："课文都倒背如流，就怕到时候晕场。"

吉里有个晕场的毛病，考试时一紧张脑袋就发晕，什么也记不起来。

吉里说："啦啦，我很佩服你，总是考 100 分。"

啦啦美滋滋地说："我还可以帮助你考 100 分。"

"怎么帮？"吉里很感兴趣。

"先别问，到时候就知道啦。"

吉里说："如果你帮我考 100 分，回国度假时我就带你一起去。"

啦啦高兴地点点头。

考场上静悄悄，老师的一双大眼睛不停地扫来扫去。吉里紧张得不行，昨天背会的课文现在竟连一个字也记不起来，急得他抓耳挠腮。他回头看一眼啦啦，啦啦冲他笑了一笑，悄悄打开了纽扣遥控开关——

吉里的记忆顿时像放开闸门的河水那样奔涌欢跃。

考试成绩张榜了，吉里得了 100 分——这可是他从未有过的好成绩。

啦啦惨了，才考了 89 分。

老师在班会上表扬了吉里，说："不自我满足才能进步，自满是学习上最可怕的敌人。"

啦啦听了，惭愧地低下头，他知道老师表扬吉里实际上是在批评他。啦啦十分后悔，他发誓，以后再也不骄傲自满了。

勇敢饮料

放暑假了，吉里要带啦啦到他的国家旅行。

妈妈放心不下，对啦啦说："到了国外也要同在家里一样，好好管住自己，不许多吃糖果，不许躺着看电视，不许……"

"我知道我知道。"

啦啦很不高兴听妈妈唠叨，他在心里说，我有纽扣遥控开关，怎么会管不住自己？

小型客机起飞了。啦啦从舷窗向地面望，忽然，发现妈妈站在一幢摩天大厦顶上不停地朝他挥手。啦啦的眼眶一热，泪水滚滚流下。他下决心，到了国外一定要管好自己，不叫妈妈牵挂。

空姐发给每位旅客一听饮料，说这是勇敢饮料。啦啦和吉里把饮料喝下去，果然觉得浑身增添了胆量和勇气。

啦啦发现飞机驾驶员的身旁放着一听没来得及喝的勇敢饮料，便对吉里说："我还想喝。"

吉里说："我也是。"

啦啦拨动一下纽扣遥控开关，"哧溜儿——"勇敢饮料打着旋儿飞到他怀里。

啦啦和吉里一人一口把饮料喝进肚里，俩人顿时觉得浑身有无穷的胆量和勇气。

客机驶入一团黑云中。

旅客中间忽然跳出一个大红脸男人，这家伙揪住飞机驾驶员的耳朵，凶恶地叫道："右打舵，向黑熊岛降落，不然……"他从怀中掏出一颗炸弹在空中挥了挥。

原来，这是个劫机强盗。

没有喝勇敢饮料的飞行员被强盗的炸弹吓昏了过去，无人操纵的客机如同一只瞎眼睛鸟儿，在黑云中歪歪斜斜地盘旋着，眼见就要机毁人亡。

啦啦跳到驾驶舱里，他使用纽扣遥控开关驾驶客机穿过黑云团。

强盗引诱啦啦说："把飞机安全降落在黑熊岛上，我奖给你一百颗熊胆，四百只熊掌，一百张熊皮。"

啦啦不时地拨动纽扣遥控开关，飞机越过黑熊岛。

强盗大声叫道："降落，降落黑熊岛！"

喝了勇敢饮料的啦啦根本不把强盗放在眼里，客机径直朝吉里的国家飞去。

穷凶极恶的强盗拉开了炸弹的导火索，喝了勇敢饮料的全体旅客一起冲上来，将强盗打倒在地。

　　但是，炸弹还死死握在强盗手中，导火索"哧啦——"地响着。

　　"哈哈，你们马上就完蛋了！"强盗喊叫着。

　　就在这千钧一发的时刻，啦啦对准炸弹，"啪"地关掉了纽扣遥控开关，炸弹变成了一颗臭弹。强盗周身软成一摊肉泥。

　　飞机安全着陆，大家押着强盗去了机场安全局。安全局长亲自为啦啦和吉里佩戴上闪闪发光的英雄奖章，啦啦和吉里美得合不拢嘴。

黑熊岛

　　吉里家是个大家族，他们热情好客。吃过晚饭，吉里的爸爸说："今晚，我们举行家庭狂欢晚会，为吉里和他的好朋友啦啦接风洗尘。"

　　啦啦听了非常高兴，他很想同吉里

全家玩上个通宵。

晚会开始了，大家尽情地歌舞欢闹。啦啦和吉里化装成狮子，为大家表演中国狮子舞，他们的表演博得一阵阵掌声。

玩得正起劲时，啦啦的动作忽然僵住了，"嘭"，他被一股力量弹到了床上，紧接着，还没有来得及卸妆的啦啦就"呼呼"地打起了鼾。

吉里的爸爸奇怪地问："啦啦这是怎么了？不说一声就退出晚会？"

吉里说："啦啦有纽扣遥控开关，到了规定的睡觉时间就由不得他了。"

爸爸赞许地点点头，说："这很好，小孩子生活就应该有规律。"

吉里对爸爸说："我也要学习啦啦。"说着，吉里也上床睡下了。

早上醒来，啦啦找不到吉里了，一摸肚子，

发现纽扣遥控开关不见了。一会儿，吉里回来了。

啦啦问："看见我的纽扣遥控开关了吗？"

吉里不好意思地说："对不起啦啦，我拿出去玩了，又让我的好朋友比杰要去玩了。"

啦啦说："这不行，没有纽扣遥控开关我会管不住自己的。"

吉里带着啦啦找到了比杰。比杰说："我正在用纽扣遥控开关指挥航模，有个大红脸男人自称是啦啦的叔叔，跟我把纽扣遥控开关要走了。"

"坏了，那是劫机强盗，根本就不是啦啦的叔叔。"吉里急得直跺脚。

啦啦说："就怕那家伙拿纽扣遥控开关干坏事。"

原来，大红脸强盗夜间越狱逃了出来，他财迷心窍，要去黑熊岛上捕杀黑熊换黄金。

啦啦和吉里乘快艇登上了黑熊岛。黑熊岛上生活着一百多头黑熊，岛上长满参天古树，树底下有熊洞穴。

大红脸强盗手持纽扣遥控开关，正向几头黑熊走去，他怀里掖着一把寒光闪闪的尖刀。

"不好了，强盗要用纽扣遥控开关把黑熊关掉，那样他就可以杀熊取胆割熊掌了。我们快去报告森林警察吧。"吉里着急地说。

啦啦摇摇头："已经来不及了，我们想办法把他诱开。"

大红脸强盗猛然发现了朝他奔过来的啦啦和吉里。"滚开，你们！"强盗发疯般地叫着，"小心我会把你们一块儿杀死。"

强盗急不可待地按下纽扣遥控开关，他本想让几头黑熊僵在原地，可是慌乱之中，他竟把纽扣遥控开关的方向对准了自己。这样，强盗被纽扣遥控开关关住了，动也动不了。愤怒的黑熊黑云一般扑过去，强盗被撕成了碎片。

风筝姑娘和三个强盗

阿芒

是4月4日吧？是的，是这天。这天上午，风筝姑娘离家出走了。

风筝姑娘没有母亲，也没有父亲，不需要在家里的小书桌上留下一张道别的纸条儿什么的，也不需要向任何人告别——她不想再见到她熟悉的每一个人了。

一块白云从她眼前飘过，她闭上了眼睛，她不想让白云从她的眼睛里发现一丝忧郁。很少有片刻安宁的乌鸦夫妇飞过来了。"哈哇！"乌鸦夫妇问，"风筝姑娘，告诉我们，你的金发是在哪个美发店染的？"

风筝姑娘没有回答，她掀动了一下裙摆，挡住了乌鸦夫妇的视线，然后，快速向高处升去了。她不想让乌鸦夫妇看见她黯然的神色。

在别人的印象里，风筝姑娘永远是个快乐的公主，她的彩裙飘带儿早已经把人们的心田画满了"咯咯咯"的笑声。有谁能相信风筝姑娘会忽然变得伤心起来？又有谁忍心让一个快活的女孩变得伤感？

然而，现在世界上有这样一个人了。

这个人就是经常出入录音棚的一个男孩歌手。他叫阿芒。

这个阿芒已经被风筝姑娘悄悄装到心里去了，装了大约有十三个月了。但是男孩阿芒不知道，任何人都不知道，只有风筝姑娘一个人清楚，她无法把男孩的歌声从心房抹掉，她的心房被男孩的歌声充斥得很满很满，再也无法装进别的东西了，再也无法像从前那样平静了——男孩阿芒的歌声就像是好多的精灵，这些顽皮的精灵，才不肯安静一会儿呢！"阿芒，阿芒。"她的心时刻在默念着这个名字，她几乎左右不了自己的心了，她的心变成了阿芒的俘虏。

可是，男孩阿芒只顾唱歌，只顾灌自己一张又一张的专辑，只顾跟那些围在自己身边的伴唱女说说笑笑，压根儿也不看一眼风筝姑娘，风筝姑娘的彩裙带触到他的脸上了，他只是抬抬手，像对待柳枝儿一样轻轻把它拂到一边，还烦烦地说："让我有一刻的安静好吗？紧张的录音都快让我崩溃了。哦，别介意，明天录完了音，心情就会好一些的，再和你玩。"

可是，第二天录完了音，阿芒连影子都不见了。风筝姑娘几乎找遍了整座城市，也没见他。

睡在樟树底下的大强盗朝睡在另一棵樟树下的二强盗喊："喂！是谁在哭，听见了吗？"

朋友

"谁在哭？"二强盗醒来了，他侧起耳朵听了听，"噢，是风筝姑娘，是她，我没有说错。"

"你们在说什么梦话？"睡在最后边一棵樟树底下的三强盗在梦里揉着睡眼问，但很快他就跳出梦境，而且也听出是谁在哭了。"是风筝姑娘。她在哭，我听见了！"他一个高儿跳起来，脚丫子踢到樟树枝上，树上的一群画眉鸟儿惊飞了。

"是我先听见的，你们两个笨蛋。"大强盗说。他想了想，好像是自言自语，又好像在询问两个兄弟，"可是，风筝姑娘为什么伤心，是不是她的俄罗斯唇膏丢了？"

"也可能是乌鸦夫妇把她的头发啄乱了，怪乌鸦，他们一直在嫉妒风筝姑娘的金发。"二强盗说。

　　"最有可能是电台没有播送她点播的歌。"三强盗说。

　　"风筝姑娘！风筝姑娘！"三个牛高马大的强盗争先恐后追赶起忧伤的女孩，他们的脚丫子炮得像狂奔的狮子一样高，脚丫子时不时要撕扯下一两片谷穗般耀眼的阳光。在他们的后边，则是被踩得乱晃的田野，连戏水的鹅都吓得止住了叫声。

　　风筝姑娘听到了他们的呼唤，但她装着没听见。她不想让任何人看到她忧伤的眼，尤其是对于强盗三兄弟这样的好朋友——既然是朋友，那就更应该多给他们送去欢乐，而不是悲痛。风筝姑娘就是这样想的。从她开始注意到一个嗓音像清醇的美酒一样的男孩时，就有了这样的想法。而在这之前，她还没有这种认识。那时候，无论是欢乐还是痛苦，她都希望和朋友们一起分享。

　　让他们快活去吧。她想。

　　她悄悄撒下一打簇新的钞票。钞票飘进一家酒店的窗口里，肥胖的老板娘高兴地跑出来，用两只肥胖的胳臂拦住了三个奔跑的强盗。强盗三兄弟快活地坐进了酒店里，贪婪地捧起了白葡萄酒杯。他们喝了很多的酒，都醉了。后来，他们跑到商店买下一打风筝姑娘喜欢的俄罗斯唇膏，还把住在银杏树上的乌鸦夫妇臭骂了一顿，又去电台为风筝姑娘点播了三百三十三首流行金曲。

但是，这一切并没有让风筝姑娘快活起来，忧郁依然盛满她的双眸。

强盗三兄弟陷入了苦恼之中，他们搞不清楚风筝姑娘为何忧伤。风筝姑娘是他们这一辈子交到的最好的朋友，他们怎好对朋友的忧伤不闻不问？他们又回到酒店，又接着喝起白葡萄酒来。这回，他们喝得比上一次醉得还要厉害，酒精一下使他们恍然大悟，好像从一本书里一下找到了答案："噢，原来是阿芒，是他让风筝姑娘伤心起来的！"

三个强盗义愤填膺，此时此刻，假若阿芒在跟前的话，他们就会把他的鼻子捏成一只比萨饼儿。

痴迷

风筝姑娘越飞越快，她住的那个城市已经变得模糊了。看不见城市，她觉得心里稍稍好受一些了。但很快，她又变得空虚起来——听不到阿芒的歌声了，没有阿芒的歌声，她觉得自己仿佛死去了一般。她回头望了望变得模糊的城市，泪水登时把城市涂得更模糊了。她咬了咬牙，又继续向前飞去，但飞着飞着，她开始变得六神无主、飘摇不定了，身子忽而升高，忽而下降，忽而翻滚，忽而打旋儿。最后她竟然身不由己地又飞回到城市的上空。她神志恍惚，张开的裙摆带动着身子左摇右摆，一不留神，猛然撞到了乌鸦夫妇的身上。

"哈哇，完全是误会，"乌鸦先生并没有责怪，反而客气地解释道，"我们从来没有把你驱逐出这座城市的念头，我们可以对天发誓。"

"哈哇，先生的话和我要说的是一样的。"乌鸦夫人一脸的小心翼翼。

"你们，都在说什么啊？"风筝姑娘假装什么事也没发生，"莫明其妙。"

"哈哇，你的脸色可不太好。"乌鸦先生说，"到底出了什么事，我们可以知道吗，姑娘？"

"哈哇！"乌鸦夫人突然惊叫道，"我看到了一颗心，粉红色的心，看！它就在录音棚的上空。"停了一下，她又说，"我明白了，这一切究竟是为了什么。"

"究竟是为什么？我想知道。"乌鸦先生不明白。

"嘘——不要问为什么！"乌鸦夫人制止道。

乌鸦夫人飞快地飞到录音棚上空，打算捉住那颗粉红色的心。可是，粉红色的心滚烫滚烫，还没等她靠到跟前，翅膀上的两片羽毛就被烤焦了。

"哈哇，好痴情的一颗心啊！"乌鸦夫人惊愕至极。

风筝姑娘的脸顿时羞得像桃红色的云朵。

那颗粉红色的心正是她遗落的！

她慌忙去捕捉，就像捕捉飘在空中的一粒粉色的气球。粉红色的心机灵得很，它上下左右地飘飞着，时而藏到树林里，时而钻进超级市场里，时而藏进行人的背包里，风筝姑娘根本捉不到它。

有一次，粉红色的心一下飞进录音棚里。

男孩阿芒正在对着麦克风唱歌儿，粉红色的心贴着他发青的额前掠过，他感到了一阵炽热，停止了歌唱。"谢谢支持！"他以为这是一个常见的歌迷对他的敬慕之心——他常遇到神魂颠倒的歌迷们朝他抛撒形形色色的心，已经习以为常。"我正在录音，请勿打扰，谢谢！"他说，并没有仔细看一眼这颗飘舞着的炽热透明的心，假如仔细看的话，就会发现这可是颗非同寻常的心啊！

乐队的伴奏又开始了，男孩阿芒又陶醉在他的歌唱中。

粉红色的心僵在了那儿，仿佛被遗弃了的一块鲜艳的纸片儿。风筝姑娘捉住了它，尽管它还在挣扎着，还要飞回向往的录音棚，但风筝姑娘还是把它放回怀里，汩汩的泪水无声地在她的脸上流淌着，把录音棚绿色的瓦片濡湿了。

后来，风筝姑娘藏在了录音棚外边的烟囱里。烟囱里黑洞洞的，风筝姑娘觉得这样很好，不会有人注意到烟囱里会藏着一个忧伤的姑娘，而且在里面还可以很清楚地听到男孩阿芒的歌声，甚至还可以感受到阿芒像樟树一样翠绿的鼻息。

迷茫

人们看不到风筝姑娘了。

以往，在这种季节人们总能看见碧蓝的天空中有一只色彩绚烂的风筝，那就是风筝姑娘。她悠悠地飘舞着，长长的裙带儿随风翻飞，宛如舒缓的淡玫瑰色波浪；她身上有一只哨子，哨子与风摩挲吹奏出来的曲子，使公园里游戏着的小孩儿变得如水般安静。小孩儿朝妈妈一个劲儿嚷："我也要飞到风筝姐姐那儿玩！"

可是，现在碧蓝的天上一片空白，好似缺少画笔的书童手里的一张空白着的画纸。乌鸦夫妇偶尔飞过，但他们毕竟不是飘逸的风筝啊。

蓝天上没有了风筝姑娘，城市里的人们一个个显得失魂落魄。强盗三兄弟变得暴躁不安，即便是来自克莱蒙费朗的葡萄酒也不能让三兄弟陶醉。老板娘的小酒店被他们搅得稀巴烂。老板娘很生气，可又不敢轰走他们。"你们为什么这般伤心？"她问。

三个强盗说："我们很难过！"

"是谁让你们难过？"

"因为风筝姑娘难过。"

"是谁让风筝姑娘难过？"

"阿芒。"

"那你们就去找阿芒。"老板娘一心想把强盗们支开。

"当然！"

三个强盗气势汹汹地去了。

他们高唱《醉酒歌》，像三头愤怒的公牛闯进了阿芒的录音棚。如同山洪般的歌喉淹没了阿芒的歌声，转动着的磁带灌进了《醉酒歌》，而阿芒的嗓音在磁带里变得像病猫呻吟一样微弱。

"我正在录音，请勿打扰。"男孩阿芒说。

"无情无情无情！"强盗三兄弟吼道。

阿芒一脸迷茫："你们说的是什么意思，我听不懂。"

"无情无情无情！"

"我越听越糊涂。"

"我们会让你听懂！"力大无比的三个强盗抓起戴着耳机的阿芒，像举一个稻草人似的将他高高举过头顶。

"放下我。"男孩阿芒很害怕。

"知不知道风筝姑娘是你最忠实的歌迷？！"强盗们问。

"风筝姑娘？是谁？"男孩阿芒的神色茫然。

"无情无情无情！"三个强盗愤怒了，他们轻轻一抛就把阿芒抛上了天。

阿芒在空中像鱼儿一样翻滚、跃动。他真的不认得风筝姑娘是哪一个。崇拜他的歌迷，向他抛撒爱慕之心的歌迷数也数不清，他不可能记住每一个。他的心完全浸泡在自己的歌声里面，他的眼睛始终在专注地盯着自己的一颗心。这时，刮来了一阵很大的龙卷风，龙卷风把男孩阿芒连同他的歌声刮得无影无踪。

乌鸦夫妇目睹了这一切。乌鸦先生夸道："哈哇！强盗兄弟的力气可真大啊！"乌鸦夫人歪起脑袋自言自语道："滑稽，真滑稽，阿芒根本就不知道这座城市里有个风筝姑娘，这个痴情的姑娘啊，真可怜！"

蓝梦

　　风筝姑娘"嘤嘤"的哭泣声如同一缕孤独的炊烟从烟囱口袅袅地升起——录音棚里没有了阿芒的歌声，她更难过了。强盗三兄弟在烟囱里找到她时，见她金发凌乱不堪，漂亮的长裙被烟灰涂得黑乌乌，简直就像丑陋的乌鸦。

　　"阿芒去哪儿了呢？"她焦急地问。

　　"去一个很远很远的地方演唱去了。"大强盗含糊其词，他多了一个心眼，没有说是他们把阿芒扔到了天上。"很远很远的地方？"风筝姑娘的声音十分凄楚。

　　二强盗灵机一动："不过有一天他会回来的。"

　　"很远的地方是东边还是西边？"

　　"东边，不，是西边，不，是……"三强盗不知道该如何回答是好。

"走的时候，他说了什么吗？"风筝姑娘脸儿粉红。

"当然说了，"这回三个强盗机灵地对视一下，然后会心地点点头，说，"他让你快活起来，快活起来，等他回来。"

"哦。"风筝姑娘在心里幸福地笑了，她轻轻拂去眼睛里的厚厚一层忧郁。然后悄然飞去，去僻静的彩色湖染她的秀发了。

剩下三个强盗傻傻地站在那儿，一直站到第二天天亮他们才开口说话。

大强盗问："我们骗了她，你们说怎么办？"

二强盗也问："是骗了她，你们说怎么办？"

三强盗也是那句话："是骗她了，你们说怎么办？"

最后他们都发愁地摇摇头，一筹莫展。但等到太阳升起来的时候，笼罩在他们脸上的愁云"哗"一声散开了。

他们看到，碧蓝碧蓝的天空上，风筝姑娘又像从前那样快活地飘飞着，透明的长裙摆舞弄着瑰丽的朝霞，金发如丝如雨；哨子与风合奏的悦耳的曲子让火暴性子的太阳变得妩媚而安详。她从画眉鸟群中间飘过，画眉鸟们替她高兴。她从乌鸦夫妇身旁经过，乌鸦夫人担心地用翅膀遮住自己的大嘴巴。"我的金发是在彩色湖里染的。"风筝姑娘说，她还把一支俄罗斯唇膏送给了乌鸦夫人。

可是，乌鸦夫人把俄罗斯唇膏好好地放在化妆品手袋里，连上面的那层包装玻璃纸都没有撕掉。

"为什么不用，"乌鸦先生问，"你不是很早就想有一支这样的唇膏了吗？"

乌鸦夫人幽幽地说："强盗骗了风筝姑娘，我怎么忍心用她的唇膏？"

"祈祷阿芒早日回来吧。"乌鸦先生虔诚地将两只翅膀抱在一起。

乌鸦夫人却说："阿芒最好永远也不回来。"

"为什么？"乌鸦先生很糊涂。

每天，每天，风筝姑娘都快活无比地飘在高高的天空上。她一会儿向东张望，一会儿向西张望，她在等待着阿芒回来。希望像阳光一样，柔柔地裹着她那颗粉红色"噗噗"跳动的心。城市里的人们也因为有了风筝姑娘的欢乐而变得快活起来。

只是乌鸦夫妇极少飞到空中，他们小心地守在自己的巢边，眺望着天空，听着风筝姑娘悠扬的哨子声。

三个强盗比乌鸦夫妇还谨小慎微，他们担心男孩阿芒会突然出现。所以，他们每天每天都不辞劳苦地四处巡逻，打探有没有阿芒回来的消息，而不再敢嗜酒如命。

　　这天，风筝姑娘幸福地告诉三个强盗："我听到了阿芒的歌声，阿芒回来了！"

　　三个强盗听了，吓得哧溜哧溜爬到大樟树上，藏了起来。

　　但风筝姑娘又说，那是夜里做的一个梦，一个蓝色的梦。

　　三个强盗这才从樟树上跳下来……

小不点拖拉机

一

　　我的爷爷一直为没有拖拉机而遗憾，村子里家家户户都买了拖拉机，唯独他还用牛耕田。不过，好运气很快就来了。

　　那日清晨，我的爷爷像以往那样四点钟就醒来了。这时，火炕下面放着一样小东西，起初，我爷爷以为是只雨靴呢，当一脚踩上去时，小家伙"轰"一声叫。

　　"哟，拖拉机！"爷爷兴奋地叫起来，"我有拖拉机啦！"

　　我奶奶在一边吹凉风："别高兴得太早，这是一件小孩玩具。"

　　"不，这不是玩具。"爷爷坚信那是一台真正的拖拉机，只不过个头小了点而已。

可这小家伙从哪儿来？为何而来？

管不了这些了，爷爷迫不及待地驾着小不点拖拉机冲出了屋子，直奔晨雾缭绕的村路。

小家伙的速度并不比大拖拉机慢，爷爷用手指尖儿轻轻捏着方向盘，左打右转——其实这不过是摆摆样子，因为小不点拖拉机根本不用人驾驶，想让它快它就快，想让它朝哪开它就朝哪开，只要在心里想，不需要动手，连油门也不需踩动。

出了村口往公路上拐弯时，遇到了一头蛮横的大毛驴，它横在路中央，显然没把小不点拖拉机放在眼里。

"停停停！这头驴不好惹呢。"爷爷担心着。

然而，小不点拖拉机根本不在乎，它加快速度，"突突突——"顺着驴屁股爬到驴背上，在驴背上狠狠辗了一圈之后，又沿着驴鼻子滑到地上，跑了。大毛驴很恼火，在后边穷追不舍。坏了，前面是悬崖，很深。小不点拖拉机想拐弯，来不及了，它载着我爷爷"呜"一声飞起来！

"啊——啊——"我爷爷大声叫，那声音又兴奋又恐惧。

大毛驴也想飞，可它只飞了一米，就挂

在了悬崖上的一棵树上。

二

村民很快便被小不点拖拉机吸引来了。

"这也叫拖拉机？"村长不屑地说，"把它送到幼儿园当孩子们的玩具还差不多。"

一位比我爷爷大十几岁的老太太，用手捏捏小不点拖拉机的排气筒，惊叫道："哟！这是一根蓖麻杆儿。"

的确，排气筒是一截空心蓖麻杆儿。

"让它当教具吧，我需要。"农校里的一位老师说，他伸手就要拿小不点拖拉机，但他的手指被齿轮绞了一下，他疼得缩回手，说："哟，它会咬人？"

"它不愿被人小瞧，"爷爷说，"当心啊！"

"算了，我不要了。"农校老师走了。

人们也都闭上嘴，不敢再说小不点拖拉机的风凉话了。

我爷爷十分爱惜小拖拉机，每天都要擦拭十几次，他还找来奶奶糊的一只漂亮纸盒，把小家伙装在里面，夜里睡觉也要搂着它。

"该让它干点活儿了。"奶奶说，"要一台拖拉机不就是为了耕田吗？"

"它还小，就像我们的孙子。"爷爷舍不得。

奶奶撇撇嘴，说："恐怕它天生就干不了活儿吧！"

"轰！"小不点拖拉机跳了一下，显然是对奶奶的讥诮不服气。

"你是说，你要干活儿，让大家为你感到吃惊吗，伙计？"爷爷问。

"轰轰轰！"小家伙这样回答。

于是，我的爷爷决定用小不点拖拉机耕田，让奶奶看看。他找来一小瓶芝麻油，灌到油箱里。

奶奶责怪道："拖拉机烧芝麻油？你也太溺爱它了！"

"它需要。"爷爷说。

"突突突——"小不点拖拉机耕田还真带劲儿，它拖着硕大的犁耙，像穿山甲似的，在水田里穿来穿去。我的爷爷坐在上面，满面春风。拖拉机太小，而且是陷在泥水中，爷爷浑身溅满了泥浆。

三

"您是在用一只河蟹耕田吗？"好奇的路人问。

"不，是拖拉机！"爷爷回答。

"可我担心您会完全陷到泥里，那样您就惨了。"一会儿，爷爷果然被小不点拖拉机带到了水田底下。"咕噜噜——咕噜噜——"水里冒出串串气泡，那是我爷爷在喘气、小不点拖拉机在排气。"伙计，别太累着，"爷爷说，"你犁的田是全世界最深的，这没有人怀疑。"

"轰轰轰！"小拖拉机大叫，它喜欢听爷爷表扬它。

是的，它像个顽皮的孩子，载着爷爷在泥浆深处钻来拱去，时而送爷爷出来换换新鲜空气。有一回，爷爷从泥浆里探出脑袋换气时，发现自己是在村卫生所里。

村医正在为村民打防疫针，他一把捉住我爷爷的胳膊，说："您来得正是时候，让我给您扎一针。"

"它呢？"爷爷指着小拖拉机。

"它是铁，不需要。"村医说。

一会儿，小不点拖拉机又来到乡里的小学校，当爷爷从地底下钻出来换气时，脑袋一下碰到老师讲课的黑板上。见爷爷浑身泥浆，老师立刻带领孩子们读一篇课文："锄禾日当午，汗滴禾下土。谁知盘中餐，粒粒皆辛苦！"

"对不起，打扰啦。"爷爷说。

中午，我奶奶来到田边送午饭。她召唤爷爷："老头子，开饭啦——"

听到呼唤，小不点拖拉机载着我爷爷从田边的水塘里钻了出来，塘水把我爷爷洗得干干净净。我爷爷还顺手牵羊，在塘里摸到一条鲤鱼。

"你们跑到哪儿耕田了？"奶奶奇怪地问。

"在水田深处。"爷爷说。

"我说怎么看不到你们，我们家的水稻今年一定会大丰收！"

我爷爷吃着喝着奶奶送来的午饭，小拖拉机停在一旁，忽然，它的油箱盖自动开启了，而且还"咚咚"叫。

"它渴了。"我爷爷说，他往油箱里倒了点茶水。可是，小拖拉机仍叫个不停。"它想喝鱼汤。"奶奶说，她往油箱里倒了一碗鱼汤，还加了胡椒粉、味精，最后又灌了一杯米酒。小家伙这才安顿下来。

下午，小不点拖拉机干劲更高——因为喝了鱼汤和米酒啊！它耕田比上午更深入，耕完了爷爷家的五亩水田，又帮邻居家耕了六亩旱田。

晚上，邻居家请我爷爷吃饭。我爷爷说："还有我的拖拉机，它对吃喝也很感兴趣。"

邻居说："那就带上它。"

吃饭时，邻居出于好心，偷偷往小拖拉机油箱里放了一块猪肉和几块香菇。结果，当天夜里小拖拉机坏"肚子"了，它满地蹦跳，"轰轰"叫个不停。我爷爷不得不请来村医，村医把油箱里的肉和菜叶取出来，小家伙才不叫唤了。

四

转眼工夫秋天到了，我爷爷家的水稻喜获大丰收，亩产达到一千公斤，稻穗像高粱一样肥大！

乡政府召开庆功大会，乡长号召大家向我的爷爷学习，多打粮食多赚钱。

散会后，爷爷发现小不点拖拉机不见了。

原来，它被一个年轻人开走了。

年轻人打算用小不点拖拉机往县城里贩运水果。他的老

母亲批评他说："随便用人家的拖拉机可不是娘的好儿子。"

"就用一次，响应乡长的号召，发展经济。"年轻人这样解释。

他把一辆车斗挂到小不点拖拉机的后面，车斗里装满了水果，然后他对小拖拉机说："走吧，沿着这条公路一直走就是县城，中午我请你喝果汁。"

"突突突——"小拖拉机拖着水果开走了。由于起得太早，年轻人坐在车上睡着了。一觉醒来，他发现四处漆黑。"天怎么这么快就黑了？"他奇怪地问，"咦？这么多烂泥！"

原来，小不点拖拉机又拱到水田里深耕起来了。不过，因为身后拖着一车水果，耕起田来要吃力很多。"轰！轰！轰！"它不停地为自己喊号子加油。

"不要这样子嘛！"年轻人说，"让你运水果，不是耕田！"

但是，小不点拖拉机不听年轻人的，它在水田底下耕耘了一天，才从水塘那边洗了个澡，钻出来。那时候，我爷爷正焦急地等在田边，见到小拖拉机，他乐了："伙计，谢谢你为我搞到一车水果，我正愁着过年没水果吃呢。"年轻人立即说："这不是给您送的，我要运到城里卖。"

"是这样啊。那好吧，就让它帮你送去。不过，以后想用它，应该向我打声招呼。"

"对不起，下不为例。"小不点拖拉机载着水果和年轻人去了，它仍然走水田地底下的路。"走公路，公路平坦。"年轻人叫道。

我爷爷在远处挥手道："让它走好了，它会载你去城里的，顺便还能耕田，一举两得嘛！"

五

小不点拖拉机究竟从哪来？春节时，我爷爷才弄清楚这个问题。

原来，它是我大伯为爷爷设计的一件高级玩具。

我大伯是玩具设计师，在省城工作，他觉得我爷爷年纪不小了，一辈子辛苦，该有一件高级玩具，人老如顽童啊，何况，玩这种玩具的同时还能耕田种稻，老人的晚年生活岂不是更快活？

"你应该为所有的庄稼人都设计一件这种玩具。"我爷爷在电话里对大伯说。

"好吧。"大伯欣然允诺。

布兜将军

有个老将军，衣服上缝了一百只布兜——那是总统授予他的勋章，每只布兜都记载着他的一段骁勇善战的故事。战争结束了，将军解甲归田，但他仍舍不得脱下这套缝满布兜的军服。每每走在街上，人们见到他便会肃然起敬，总有小孩儿指着他的背影说："将军有十六只后屁兜，太伟大了！"

一

天下太平，老将军准备去远方旅游。旅游线路如同当年行军线路一样明确：沿着从前征战过的每一座大山，每一条河流，每一片森林行进。

这虽然是一件远比征战轻松的事情，但麻烦也不少。比如，吃饭问题，防寒防雨问题，卫生问题，等等。

将军决定利用军服上的一百只布兜，把面包、香肠、啤酒装进去，还有煮咖啡用的小炉子和小铜壶，以及毛毯、棉靴。帐篷必须带，这东西体积大，可将军还是决定把它塞到布兜里。没费多少力气他就把帐篷塞进去了。将军有点惊讶，随后又把电视、弹簧床也装了进去。最后一使劲儿，把自来水和洗手间也装到了布兜里！

说也奇怪，负荷这么重，老将军并不觉得累，他像当年检查士兵的行装那样，拍拍自己的肩膀说："不错嘛，棒小伙子！"

出发了。老将军一口气翻过五座大山。骄阳似火，山野一丝风也不透。

"这不是布兜将军吗？"一个农人认出了他，"您比以前胖多了！"

"是吗？"将军温和地笑着。

"瞧您的大肚子，"农人拍拍将军凸起的腹部，"哎哟……"手拍疼了，扒开肚前的布兜一看，里面装着一台电视。"难怪您这么胖了，原来兜里装着家电呀！"农人笑了。

"还有啤酒呢，"老将军说，"想喝吗？"

"不了，我要挑水灌溉庄稼。天旱啊，七十天没下雨了。"农人挑着两只大木桶去找水。

走着走着，两只大木桶忽然着火了。是被炎日烤着的。"我来了！"老将军从裤兜里掏出水龙头，浇灭了木桶上的火。

"您还带着自来水！"农人惊喜不已。

将军说："我来浇田吧。"

清凉的自来水流进干旱的稻田，禾苗露出了绿意。一会儿，田边一口枯井也被灌满了，青蛙在底下"呱呱"唱歌。老将军又把水龙头朝向天空，水柱如雨，洒落在山野上。炎日软了，空中飞出一道七彩虹，乌云从远处飘来。

但是，老将军的自来水枯竭了。

"您路上咋办呢？"农人担忧。

"没关系。"老将军望着天空，"会下雨的。有雨，还愁没有自来水吗？"

二

第二天，果真下起了大雨，正在山路行进的将军成了落汤鸡，身上大大小小布兜里接满了雨水。

两只水鸭子飞落在将军的布兜水塘里戏水；后屁股布兜里响起蛙鸣，"呱呱，呱呱——"很热闹。

一条大河拦住了去路。"游过去。"老将军想。他挽起衣袖裤角，一个猛子扎进河里。游着游着，他忽然发现河水越来越浅。怎么回事？

待他上岸时，河水光了！

"我明白了。"老将军忽然想起他的自来水。他拧开水龙头，果然，浑浊的水流"哗哗"流出来。原来，滔滔河水都变作将军的自来水了！

雨停了，天要黑了。老将军准备在路边过夜。来了一位小城官员，盛情邀请道："将军，欢迎到小城住宿。"

"不打扰你们了，我有帐篷。"

"别客气，您可是我们爱戴的将军啊。"官员把将军领进城里，"砰"一声，城门关上了。

小广场上灯火通明，人们争先恐后为将军表演节目：舞狮子，划旱船，踩高跷……老将军也想表达一下自己的感激之情，登台为人们表演武术。他连打了十八个空翻，全场一片欢呼，不，是惊呼："不好啦，发洪水啦！"

怎么回事？

咳，将军一百只布兜里盛满的雨水全倒了出来，把小广场淹了，街道、民房也淹了，全城一片汪洋！

"快开城门放水！"小城官员大喊。

"别！"老将军说，"那会淹坏外面的庄稼。装到我的布兜里就是了。"

于是，人们用水桶、水瓢"哗哗"往将军布兜里舀水。

一会儿，城里的洪水被舀干了，将军身上的布兜又盛满了水。

一个好逗能的小伙子跳到将军的布兜里游泳。"哟，我摸到了一瓶啤酒！"小伙子说。另外一个年轻人一猛子扎到布兜里，在水里抓到了一缕长发。

"放手！"一个女人的声音。

老将军听出来了，是他的太太。太太正在布兜洗手间里呢，她背着氧气瓶，"咕噜咕噜"冒水泡儿。

"你怎么来了？"将军不高兴，他可不想带太太旅行，就像当年不愿意带太太打仗一样。

"还不都怪你，"太太埋怨说，"出发前你把洗手间装到布兜时我正好在洗手间里化妆。瞧，洪水把我的口红都冲没了。"

这实属将军的失误，他无话可说。

三

经过一个月长途跋涉，老将军来到了大峡谷铁路。

从前，他曾在这里指挥过一场著名的"大峡谷战役"。站在铁路上，老将军心潮澎湃，就是因为那场战役，总统授予他一只最大的布兜勋章。

当然，那次战役也留下一个小遗憾：由于指挥出现一个小小失误，致使敌军的一列火车逃之夭夭。

"咳！"老将军叹了口气，如果不是因为这个小失误，他军装上的布兜就是一百零一只了。但马上又想，一切都过去了，和平比什么都好。

"呜——"一列火车驶来。

这并非普通的火车，从车头冒出的那缕黄烟中，老将军便认出，正是当年逃窜的那列敌军火车。从破车窗口探出一个脑袋，举着望远镜望。老将军认出来

149

了，那是敌军司令。那家伙头发又长又乱，胡子又长又乱，像长毛鬼。一定是多年没理发了。

"将军，我们又见面了！呵呵，真是冤家路窄啊！"敌军司令冷笑道。

"怎么，你们还没回家？"老将军关切地问，他觉得敌人很可怜，战争早已结束，可他们仍龟缩在破火车里。

"准备吧，将军，我们与你决一死战！"敌军司令咬牙切齿。

火车上的敌人——他们的头发和胡子也都又长又乱，有的连牙齿都掉光了，一排枪口瞄准老将军。手榴弹也准备好了。

假如换在从前，老将军会说："我会让你们记住我军的厉害！"而现在，他不想这么做了。和一群长毛鬼动干戈有什么意义呢？

"你害怕了是吧？"敌军司令嘲笑道。

"不，战争早结束了，我现在的兴趣是旅游，游山玩水。"老将军说。

"可我要报仇雪耻！你满身挂满了勋章，而我，什么也没有！"

"哒哒哒——"敌人的重机枪开火了。但子弹不及飞到布兜将军这边便散落在地。

"扔手榴弹!"司令大喊。

手榴弹像冰雹般落下来,可是没一颗爆炸的。

"为什么?!"敌军司令气急败坏地叫。

士兵们说,子弹和手榴弹都风化了。

"见鬼!"敌军司令发火了。

"还有必要打下去吗?"将军问。

"打!请你靠前一些,行吗？"

老将军向火车那边走了五百米。

敌军司令说:"再靠近些嘛。"

老将军又走了五百米。现在,他距离敌军只有两毫米,看得清敌人头发上和胡须上的虱子!

"杀呀——"士兵们举起战刀砍向将军,但是军刀刚落在将军身上就粉碎了,像些面包渣似的散了老将军一身。

"弄脏了我的布兜,里面装着食品呢。"老将军拍打着身上的粉末。

敌军司令眼睛一下亮起来,说:"我饿了,可以吃点你的东西吗?"

"可以。"

敌军司令钻进将军的布兜里，吃面包香肠，喝啤酒。酒足饭饱后，他爬到有电话机的布兜里，给父母打长途。电话挂通了，没人接。他在外面服役时间太长了，家中老人早已离世。敌军司令潸然泪下。

这时，他的士兵们都钻到老将军布兜里大吃大喝起来。

吃饱了喝足了，就在布兜里睡了。

"你不睡？"老将军问。

"不，"敌军司令摇头，"我要回家。"

"那就洗个热水澡再走吧。"

老将军为他放了一浴缸热水。浴缸装在后屁兜里。敌司令洗完了澡，自己从另一只布兜找到一套干净的睡衣换上。不用说，那是将军的睡衣。

敌军司令想解散士兵，让他们都回家，可士兵们在将军布兜里睡得很香，叫也叫不醒。敌军司令只好骑上自己的那匹老马，郁郁而去。

四

秋风瑟瑟，老将军走进一座大森林。

从前，他率部征战途经这儿，曾与狼群遭遇过。如今这里还有狼吗？

正想着，一群饿狼朝他包围过来。头狼仍是当年那头九耳狼，黄金色皮毛，眼睛像灯泡一样大。

狼群步步逼近。老将军清楚，它们来复仇了，因为当年部队击毙了好多狼，那时军粮断绝，亏得有狼肉吃，才没饿死。

"你们……好吗？"老将军的问候有点不自然，他愧疚呢。

九耳狼说："将军，准备接招吧！"

看来，这一仗必须打了，老将军想。但他不会下死手。

"那就来吧伙计们。"老将军说。

一头不知深浅的小狼崽首先扑上来。老将军撑开裤腿上的一只装食物的布兜，顺势迎上，"扑通！"小狼崽被套进去了。

"你钻火圈的技术真不错。"将军把小布兜紧紧扣住。

小狼崽的一只后蹄还留在外边。老将军在把这只蹄子塞进去之前，用剪刀修剪了一下它的尖趾甲。这样，小狼崽在布兜里不管如何挣扎，也不至于把布兜扯破。

小狼崽的母亲急了，冲上来。老将军再次撑开那只布兜，把母狼兜了进去。

母狼本打算营救小狼，但发现小狼安然无恙，正在布兜里吃东西呢，于是，它也跟着吃起来。

如此招法，老将军用布兜套住了三十九头狼。现在，老将军面前只剩下九耳狼自己了。

九耳狼耸起九只像尖刀一样的耳朵，拼着老命杀过来，大眼珠如电光闪烁，老将军眼睛被晃花了。狼趁机用九只耳朵割老将军的脖子。

将军火了，掐住狼脖子，将它扔进布兜里。那只布兜里放着弹簧床，九耳狼落到弹簧床上，"砰"一声弹起来，飞向空中。

"乖乖，请到这里来！"老将军又撑开另一只装有大浴缸的布兜。

"扑通！"九耳狼跌进了浴缸里。

浴缸里盛满温水，九耳狼躺在里边泡澡很舒服，再也不想出来了。只是，浴缸里的水一会儿变成了黄金色，而九耳狼的皮毛则变成了土灰色。

"原来，你这身黄金色皮毛是染出来的！"老将军说，"我一直以为，你天生就有一身华贵的皮毛呢。"

"这种皮毛高贵嘛！"九耳狼说，"我是头领，必须高贵。"

这时，将军的太太大叫："亲爱的，你挂彩了，我来给你包扎。"

"伤在哪？"将军问。

"脖子上，血涌如泉。"

"那不是血，"九耳狼说，"是红颜料。"

太太仔细一看，果然是红颜料，将军的脖子上没有任何伤口。

原来，九耳狼的九只尖耳朵，有七只是狼毫毛笔，毛笔蘸着红颜料。

卓尔不凡的收音机

夜深人静，我在安装半导体收音机，嘘——这可不是平平常常的收音机，在我的设计中，它不但能收到电台的节目，还应当能做点别的事情。比如，接收到外星球人发射的电波，或者远古的声音。

当然，我知道任何人都不会相信这一点。

首先是我爸爸，他只相信我的功课在班级里最差。我妈也持有这种态度，她和爸爸对我大失所望。

上幼儿园时我有卓尔不凡的迹象，爸爸妈妈想象着我可能是一棵科学家的苗儿，等到上学之后，他们失望了。我的功课一年比一年差，每次开家长会，爸爸妈妈都不爱去，这个假装在单位里加班，那个装病去医院。他们不想去学校丢脸。

所以，我要安装一台全世界独一无二的收音机，让他们知道，我并不是只会给他们丢脸的男孩，也能为他们添光彩。

下半夜两点，我的收音机即将大功告成，这时我妈忽然闯进我的房间，睡眼惺忪地问：

"阿挥，你梦游呀？这都几点啦？"

我说："马上马上。"

"马上个大头哇！深更半夜瞎鼓捣，考试你从来也没这个劲头。"说着她就要砸烂我的杰作。

我抱着收音机就跑。刚冲出门外，发现我爸披着衣服拦在楼梯口，横眉道："往哪儿逃？天罗地网，快把东西交出来！"

嘿，这对夫妻配合得够好了。可打死我也不能缴械，收音机和我的命一样重要！说时迟那时快，我纵身一个雪豹腾空，跳到了走廊窗户上，然后一个苍鹰展翅，落到地上，一溜烟儿逃去了。

嘿，我可真够超人的了！我哪儿来的这种本领？我很糊涂。不过，我想起了一个成语：狗急跳墙。

我听到我妈无比痛苦地说："完了完了，阿挥摔成瘸子了。"

我没瘸，我藏到一个桥洞里，开始调试收音机。漫天星辰，万籁俱静，我沉浸在亢奋之中。爱迪生小时候也有过这种情形吗？

我想让收音机接收到一个西半球国家电台的节目，但收音机喇叭里"刺刺啦啦"一片杂音。这没什么，继续调试好了。调着调着，忽然收到了一个男人的声音，绝不是播音员，那声音又小又诡秘，咕噜咕噜的：

"记住，中午十二点绑架俞仙茹，地点在天方夜谭快餐厅。"

我以为自己听错了，紧接着收音机里又传出一次内容相同的声音。哦，是绑票密令，不得了！

俞仙茹是我的同桌，她爸爸是珠宝商人。俞仙茹有一双大眼睛，像金鱼。别人都说这样的眼睛很恐怖，而我觉得很美丽。俞仙茹的功课非常优秀，老师安排她和我坐同桌，是为了叫她帮助我学习，可她从来也不帮我，我问她什么，她也不搭理。当然，我从不生气。只要能坐在她身边我就心满意足了。

奇怪，收音机怎么能收到绑匪的声音？又不是窃听器。不可思议！

天亮了。我没回家，把收音机裹在怀里就去上学了。我把绑票的密令悄悄跟俞仙茹说了。可她不理我，把脸转到一边。

　　"我没开玩笑，请相信我，我听到了两次，你一定要小心！"我叮咛道。

　　她愤愤地瞪了我一眼："无聊！"然后就找老师告状。

　　老师批评我说："阿挥，你不可以制造这种玩笑，你嫌世界上的恐怖事件不够多吗？不像话！"

　　我说："不是玩笑，是真的，我都是为了保护俞仙茹。"

　　听了我的话，全班同学都嘲笑起来，说："他要保护俞仙茹？哈哈——"

　　老师说："好，就算是真的吧，那你是从哪儿得到的情报，难道绑匪要你捎口信？"

　　"不是。"我从桌子里把收音机拿出来。

　　老师皱着眉问："这是什么东西啊？"

　　"半导体收音机。"

　　我的收音机没有外壳，看上去挺寒酸。所以，老师揶揄道："这也叫收音机？胡闹。"老师又说："就算是收音机吧，那它怎么能接收到绑匪的密令？难道绑匪的秘密行动还要在广播里做广告？有这么愚蠢的绑匪吗？"

全班同学又一阵嘲笑。

唉，没人相信我。功课不好的人简直就像餐桌上的一道烂菜。

"下面开始考试，大家昨天都准备好了吧？"老师说。

同学们齐声回答："好了！"

只有我把考试的事儿忘到九霄云外去了。我也没有带书包。俞仙茹幸灾乐祸地瞅了我一眼，好像说，你的收音机本事那么大，怎么没广播一下今天考试啊？

"你根本就没把脑子放在学习上，"老师这会儿真火了，"我要没收你的收音机，给我！"

"不！"我抱着收音机一个猛虎跳，窜出教室，跑掉了。

我糊糊涂涂在大街上跑着，等我清醒下来时，发现已经站在了派出所里。我向警察报告了绑票的事。还好，警察叔叔没有对我泼冷水，他们很好奇，要看看我的收音机。

我把收音机给了警长。警长小心地调试频率，"刺啦刺啦"一阵杂音响过后，又一阵"吱啦吱啦"的尖啸。正当警长想放弃时，喇叭里忽然传出一个女人沙哑的声音："星期天

早上五点，到天龙八部胡同提货，货寄存在三号杂货店里。"

"哦？这不是那个吸毒女老麻雀的声音吗？"警长大吃一惊。

"是她，没错。"警察们都点头。

"这能是真的吗？"不知为什么，我忽然怀疑起自己来了。

警长摸摸我的脑袋，笑道："嘿，小家伙，别不相信自己，我们不是还可以用事实来证明吗？"

中午十二点。

俞仙茹像往常那样到学校门外的天方夜谭快餐厅吃饭，忽然从一辆轿车里走出两个男人。他们抓住了俞仙茹，捂住她的嘴巴，就要往轿车里塞。

这时，猛地冲上来一群便衣警察，将那两个家伙死死按住了。

不用说，我受到了警方的表彰，我们班级也跟着我出尽了风头。俞仙茹的爸爸赶来了，拉着我们老师的手，感激地说："谢谢老师培养了一个优秀学生！"

我听了，有些飘飘然，但眼角发痒，是眼泪想流出来吗？不过，我发现老师掉眼泪了，她看我的时候目光躲躲闪闪。

这时，我爸爸妈妈跑来了。妈妈问："阿挥，你考试考得怎样？"爸爸说："他没带书包，没书没笔，考什么试？"说着他亲切地把书包挂到我的脖子上。

妈妈问："阿挥，你的收音机呢？"

我说："放在派出所里，我送给警察叔叔了。"

"好好好，这回你可以安心学习了。"妈妈很高兴。

但是，我特别难过，泪水顺着眼角溢出来，我多么喜欢我的半导体收音机呀！我难过还有一个更重要的原因，就是我一直在等着俞仙茹道一声谢，可她没有。她那样子就好像不曾发生过什么似的。

为什么呢，俞仙茹？

回到家，我哭了。妈妈劝我："别委屈了，以前妈对你的态度不好，是妈不对，妈向你道歉。"

我爸说："男子汉不要哭鼻子嘛！俞仙茹的爸爸请我们全家吃饭呢，走。"

“都有谁？”我擦擦眼泪问。

爸爸说：“有警察叔叔，有你们老师，当然少不了俞仙茹的爸爸妈妈了。”

俞仙茹怎么不参加呢？我失望极了。

“你们去吧，我不去！”我的眼泪哗哗流。

爸爸妈妈愣了，他们当然不清楚我为什么这样了。

两天后，警察叔叔们又根据我的收音机提供的情报，在三号杂货店逮捕了一个前来取海洛因的家伙，然后又顺藤摸瓜将贩卖毒品的老麻雀团伙一网打尽。

然而，听到这个消息我并没有很高兴，想必你知道是什么原因的。

胆小妖精

塔几里被装在箱子里

塔几里是个妖精，长得又高又壮，胆子却非常的小，听到刮风声下雨声他都心惊胆战。父妖母妖很为他担忧。因为塔几里眼见十四岁了，按妖精部落的规矩，十四岁必须离开父母，独自谋生。

这天凌晨，父妖说："儿子，你必须到有人的地方锻炼了。"

塔几里说："我害怕人。"

"你必须去！"父妖露出三颗像剔骨刀一样锋利的锐牙，"不然，我咬断你十九根肋骨！"塔几里总共才长了十九根肋骨，所以，他吓休克了。

母妖惊慌失措："快带儿子去看医生。"

"嗯。"父妖找来一个檀木箱子，把塔几里装进去。檀木箱子小，塔几里大，父妖用脚使劲踹，好容易才把箱子盖上。

"轻点儿！这是儿子，不是稻草。"母妖不满意地说，"要轻拿轻放，快去快回。"

"嗯。"父妖扛起檀木箱子走了。

他才不想带塔几里去看医生呢。走出阴森森的树林，就是一条高速公路。这时，刚好驶过来一辆大卡车，父妖把檀木箱子扔到了卡车上。

父妖回到森林里，母妖问："儿子呢？"

"住院了。"父妖撒谎说。

"你该留在医院护理儿子，他胆子小，这你知道。"

"住的是高级病房，有专人护理，用不着我。"

塔几里去医院

塔几里被大卡车运到了城里。车在司机家门口停下，司机很饿，进门就找东西吃。司机的小女儿安妮发现了车上的檀木箱子，以为里面装着好东西，忙打开。"呀！这是谁？"她惊叫道。司机跑出来看。这时塔几里已经苏醒过来，他躺在檀木箱子里不安地问："把我挤在一间小房子里是为什么？为什么？"

"这我要问你！"司机说，"你是什么怪物？"

"我……塔几里妖精。"

"啊？大胆的妖精！"司机怒气冲冲拿出猎枪。可是，不等他举枪，塔几里便吓休克了。"哦，原来是个胆小鬼，可惜长了一个大个子。"司机松了一口气，"我该怎样处理他呢？对，把他埋到大坑里，这箱子做他的灵柩正合适。"

"别。"小安妮拦住爸爸，"留下他。"

"他是妖精。"

"只是一个胆小妖精。"

"好吧。"司机答应了。司机爱怜女儿，女儿是个瘸腿女孩，什么事他都尽可能满足她。"不过，我们得让医生把他救活。"

司机开车去了医院。塔几里太重了，请来一辆吊车才把檀木箱子吊进诊室。

医生不高兴地说："你要我给这棺材里的死妖精看病？"

"不，他是吓昏了。"司机说，"这也不是棺材，是檀木箱子，您闻，有香味呢。"

医生闻了闻，檀木箱子果然很香，于是说："那请把他搬出来，放在箱子里我没法看病。"

司机又让吊车把塔几里从檀木箱子里吊出来。呵！塔几里被檀木箱子挤成了长方形，板板正正——檀木箱子就是长方形的。

"他需要住院，你得交一大笔押金，因为他体积超大。"贪心的医生想多赚钱。

塔几里害怕打针

司机工作忙，小安妮留在医院里护理塔几里。一天，两天，三天，塔几里昏睡不醒。到了第四天，他终于睁开眼睛。小安妮朝他笑，他也笑，他觉得人并没有他想象的那么可怕。

护士要给塔几里打针，塔几里哆嗦着说："我害怕。"

"必须打针。"护士说。

"我要出院。"

可是，医生不同意塔几里出院，说："这儿有三百六十五瓶药，打完了才可以走。"

医生一心想多赚钱。其实，塔几里没什么病，就是胆子小了点。

塔几里怕打针。小安妮也怕，她是怕花钱，三百六十五针，要花很多钱，她当司机的爸爸挣钱不容易。

"我们逃走。"塔几里说，"我藏在箱子里，医生看不见。"

"我搬不动箱子呀。"

"我自己走。"

塔几里重新躺到檀木箱子里，关上箱子盖。嘿，箱子一蹦三跳，真的就自己走起来。

坐电梯时，开电梯的老太太对小安妮说："对不起小姑娘，我要检查这只檀木箱子，防止医院里的东西被带走。"

塔几里在箱子里说："里面没有你们的东西，就有一个塔几里。"

"不好啦，病号逃走啦！"老太太大呼小叫。

小安妮说："塔几里，我们快跑！"

于是，装在箱子里的塔几里跟着小安妮逃走了，檀木箱子把地面撞得"咚咚咚"响，但跑得并不快。小安妮有腿疾，也跑不很快。他们很快就被医生护士追上了。

护士推着小药车，车上放着好多药液。护士往檀木箱子上扎针，针头穿过檀木板，扎到塔几里身上。扎呀扎呀，一口气扎了三百六十五针。塔几里疼得哇哇哭。

"好了胆小鬼，你现在可以出院了。"医生高兴了，"安妮，别忘了让你爸爸明天来结算医疗费。"

塔几里当桥墩

路上，塔几里觉得浑身痒得难受，可檀木箱子把他的双手挤住了，他没法儿挠痒痒。一会儿，塔几里又觉得浑身膨胀不已，檀木箱子容纳不下他了，箱板被挤得"咔咔"响，要裂开了。

等回到安妮家时，檀木箱子"哗啦"一声破了。

天啊！塔几里变成了一个巨型妖精，大极了，方方正正，仿佛一座桥墩子！

"这是为什么？"小安妮担心得很，"是因为扎针太多了吧？走，塔几里，我们找医生评理去！"

"不。我怕医生。"

"那就不去了吧。"女孩依了塔几里。

可是，小安妮的爸爸很不高兴，因为塔几里用掉的医疗费太多了，一共是三万多元钱。他决定把黑心的医生告

上法庭。

医生害怕了，央求道："请给我一次改正错误的机会，好吗？"

医生准备用注射器把塔几里身上的药水抽出来。

塔几里听到这个消息，又一次吓休克了。不过还好，三秒钟后他就醒过来了。这次他选择了逃跑。

他逃到一座桥梁建筑工地，站到河里冒充一座桥墩。他四四方方、高高大大的样子确实像一座桥墩。但还是被建桥工程师发现了，工程师说："喂！到你该去的地方，别在这里捣乱。"

"我不打针，我要当桥墩！"塔几里很坚定。

"当桥墩很累的。"

"我不怕！"

没办法，总工程师只好答应了。

一年后，大桥竣工通车了，汽车来来往往，火车一趟一趟经过。塔几里听着车声，打起瞌睡，鼾声很响，大桥颤动起来。

工程师喊："喂！当桥墩不可以打瞌睡的，否则大桥就塌了。"

塔几里忙睁开眼睛，再也不敢打瞌睡了。他一动不动地站着，河里的鱼和虾啃吃他的脚趾头，他也不动。游来一条鳄鱼，咬了他一口，他仍岿然不动。

一天，发生了九级地震，别的桥墩都被震歪了，只有塔几里笔直笔直地站着。因为他的坚持，大桥照样可以通车。

"谢谢你，塔几里！"工程师很感激，"如果没有你，真不敢想象这座桥会怎样。"

但是，塔几里的脚趾头被鱼虾啃没了，身上长满了水草和一些水虫子，水草的根须深深扎在他的体内，水虫子在他脸上爬来爬去，随处咬。他巨大的腋下破开个洞，水獭夫妇把那里当成了新婚洞房。

当然，这些都被河水掩盖着，谁也看不见。

塔几里和医生打架

小安妮的父亲到法院里起诉医生，医生败诉，包赔了全部医疗费，还被罚了一大笔钱。可是，贪心的医生又打起小算盘，想把扎到塔几里身上的三百六十五针药水抽回来。

夜里，他划着小船偷偷来到大桥下面。

经过一年多的风风雨雨，塔几里胆子变大了，看见医生，他并没有害怕。"您好吗？大夫。"他问。

"不好，很不好。"医生说，"如果你能让我把扎在你身上的药水全部抽出来，我就会好。"

"可以，抽吧。"

医生开始抽药水。他把注射器针头扎进塔几里的肚子上，使劲抽。抽了一瓶又一瓶，很容易就抽走了三百六十五瓶。可他还觉得不满足，接着又抽了三百六十五瓶。

"疼吗？"医生问。

"还可以，只要你高兴。"塔几里咬牙挺着。"可我不明白，你抽这么多拿回去有什么用呢？"

"给病人注射用。"

"可那不是药水，是灌进我肚子里的河水，懂吗？"

"都一样，都一样，嘻嘻。"

塔几里生气了，他从不和人打架，但现在他想打一架了。他伸出长长的胳臂抓住了医生。他那么大的个头抓一个人，比猫抓一只甲壳虫还容易。

医生被抓疼了，大声叫："放开我！"

"您不可以把河水当药水用！"

"这不关你的事，放开我，不然我就拿手术刀给你做手术，割破你的肚皮！"

"可以，割吧。"

狠心的医生拿出手术刀，真的割起塔几里的肚子来。可是，他根本就割不动。塔几里的肚皮变得像混凝土一样坚实。

"为什么变得这么硬？"医生疑惑不解。

"硬吗？"塔几里比医生还疑惑，"你是医生，你该清楚。请你帮我诊断一下。"

"好吧。"

医生放下手术刀，开始给塔几里看病。"噢，我明白了，一切都是因为你当了一座桥墩，你的胆量锻炼的很大很大。"

"是吗？"

"是这样。我服你了塔几里。"医生把那些"药水"全倒进了河里。

安妮爱上了塔几里

转眼十年过去了。一日凌晨，来了一对老妖精。是塔几里的父亲和母亲。他们不放心儿子，四处寻找，终于在大桥底下找到了塔几里。

"儿子，那是你吗？"父妖看着方方正正的桥墩，有点不相信自己的眼睛。

"是我。不像吗？"塔几里笑笑。

一列火车从桥上隆隆驶过，母妖吓了一大跳，问儿子："那是什么？"

"火车。没什么可怕的。"塔几里说。

"噢，儿子，你胆子够大了！"母妖欣慰地说，"看来，你父亲是对的，他把你扔到卡车上是对的，他很英明！"

这天傍晚，一个女孩来到大桥上看望塔几里。女孩就是安妮，她已经出落成一个亭亭玉立的大姑娘了。她告诉塔几里，她也想当一座桥墩。

安妮爱上了塔几里，但是塔几里不知道。

吃皮鞋的老轿车

约翰先生有一辆老式轿车，他曾祖父开了一辈子，后来是他祖父，接着是他父亲，他们都和这辆轿车打了一辈子交道，到现在，车子传到他手中，跟他跑了十几年。可以说，轿车已经到了风烛残年的时刻了。

"把它卖给我吧。"一位收藏老式汽车的古玩商说，他答应用一辆最豪华的小汽车来换。

"不。"约翰先生拒绝道。祖上传下来的东西，怎么可以随便卖掉？

但是，那轿车毕竟到了该退役的年龄了。

那天，约翰先生驾驶它从停车场出来时，一只前灯"当啷"掉下来。碎声未落，车门拉手也脱落了。老轿车从排气筒发出一声声哀叹："吭吭吭，吭吭吭……"

"伙计，你真的该养老了，请不要难过。"约翰先生像安慰老人一样说。他决定骑自行车上班，他把老轿车停放在自家院子里，搬来一盆盆鲜花，摆在车旁边，还把一台电视机放在车内，调到一个播放枪战片的频道。"你不会寂寞的，想开点儿伙计，谁都有衰老的一天，这并不算什么。"他又一次安慰道。

约翰先生骑上自行车，要去公司上班。经过十字路口时，一位交通警察说："先生，您在遛狗么？瞧您身后。"

约翰先生回头一看，愣了：老轿车跟在他后边，曲里拐弯地跑着！

"这不安全，别让它撞着人。"交通警察说。

"放心，它懂事。"

"不，您必须照顾好它。"

"好吧。"

约翰先生找来一根绳索，系在轿车前面的拖钩上，然后骑上自行车，牵着轿车上路了。

老轿车向来都由人驾驶，现在被人牵着，大概觉得很新鲜，因此它很高兴，一路唱歌："嘀嘀——嘀嘀——"

前面有一座小木桥，桥面狭窄，自行车可以通过，轿车不行。约翰先生忽略了这一点。不过，懂事的老轿车相当机

灵，过桥时它把自己悬了起来，并没有撞坏木桥。

交通警察对约翰先生说："我本想罚您一笔款，现在我不想了，您的老爷车真不简单！"

"我说过它懂事。"约翰先生自豪得很。

巷子里住着几个孩子，已经放暑假了，他们要在这条巷子里玩上整整一个夏天。"约翰先生，您不觉得牵老爷车出门很不方便吗？我们愿意为您照看它。"孩子们说。

"可以的。"约翰先生说，"好好照看它，它的年龄和这条巷子一般大。"

"我们该叫它老爷爷车了？"

"它当然是你们的老爷爷。"

孩子们很爱护老轿车，为它擦身，把挡风玻璃当成眼镜片细心擦拭，连排气筒也擦洗得干干净净。为了不让老轿车热着，孩子们还从家里搬来了电风扇。

和孩子们在一起，老轿车快乐起来，它像舒展四肢那样，自动打开车头盖和两边的车门，然后学毛驴的样子打滚儿，就是把身子翻过来，让四只轮子朝天。后来，它"吭吭"叫起来，排气筒喷出一团白烟儿。

"它是在咳嗽吗？"一个女孩问。

"不，它着急去外面跑一圈。"一个男孩说，"走，带它出去玩。"

孩子们爬到车里，老轿车兴冲冲地驶出院子。"嘀嘀！嘀嘀！"它从来也没有像今天这样高兴。

孩子们不会驾车，可这不算什么，老轿车绝对可以安全行驶。你看：红灯亮了，老轿车准确无误地停在白色停车线上；有一位老人过斑马线，老轿车及时减速，让过老人；两个中学生在马路上打闹，老轿车猛地刹车，冲他们吼叫："嘀！嘀嘀！嘀嘀嘀！"两个中学生难为情地说："谢谢你的忠告。"

一辆年轻气盛的大货车从后面"轰隆隆"驶来，超过了老轿车，它像雄师蔑视癞狗那样不把老轿车放在眼里，排气筒放出团团浓烟，喷了老轿车一身。它是在羞辱老轿车。

"老爷爷车，追上它！"孩子们鼓动说。

老轿车加大马力，紧紧咬住大货车，"嘀！嘀嘀嘀！"它尖声大叫。大货车耍了个花招儿，它来了个急转弯，驶入一条窄路上。宽大的货车将路面堵得满满，老轿车没法超过它。

"老爷爷车，你最好从它头顶上飞过去！"孩子们怂恿。老轿车不飞，因为那样太耗油，它斜侧起身体，用两只轮子跑，贴着大货车冲过去。那一瞬间，老轿车的速度达到每小时二百二十公里！

"太棒了！"孩子们欢呼。

大货车自愧不如，它悄悄驶入路基下的一条小枯河里，沿着河床灰溜溜地逃跑了。

但是，老轿车没能将孩子们载回家中，它抛锚了，停在

路边。暗红色的车壳这会儿变得苍白。由于跑速过快，它的心脏——发动机受到严重创伤。

约翰先生请来医生，为老轿车看病。

"它的肺叶，就是汽缸，已经被震裂了。这真不幸。"医生惋惜道，"它不该跟年轻力壮的汽车比赛，毕竟是年岁不饶人啊！"

"没有补救的办法吗？"约翰先生问，他知道，如果汽缸完蛋了，那老轿车便会由此一蹶不振，就等于死了一样。

"为它补换新肺叶倒是很容易，但您的老轿车可是一辈子也没有补换过任何零件，看看上面的小铆钉吧，每一颗都是原装货。"医生为难了。他思忖了一会儿，说："我采用一种土办法，试试看怎么样。"

医生请泥陶匠用黄泥为老轿车烧制了一只老式汽缸。老轿车的发动机因为年久老化的关系，原先的金属零件都风化得如同陶土制品，这只陶土汽缸安在上面很匹配，很和谐。

一切都变好了，只是老轿车需要静静地养一段日子，目前还不能试车。

"谢谢您。"约翰先生很感激。

"照料好它，别让它到处跑动。"医生叮咛道，"它太不懂

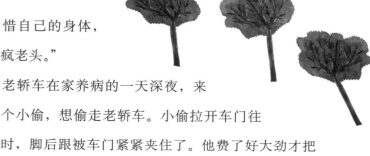

得爱惜自己的身体，

像个疯老头。"

老轿车在家养病的一天深夜，来

了一个小偷，想偷走老轿车。小偷拉开车门往

里进时，脚后跟被车门紧紧夹住了。他费了好大劲才把

脚抽出来，但一只皮鞋脱落在车外边。他想把皮鞋捡起来，

却无论如何也打不开车门了。"这样也好，没人能再进来了。"

小偷心想。他决定把车子开出去，卖给古玩商。

老轿车驶出院子了，发动机传出一种像磨瓦片的声音，"沙

啦——沙啦——"路面很黑，小偷想打开车灯，但他打开的是

车上的警报笛。"这样也好，可以一路畅通无阻。"小偷想。

四处一片漆黑，什么也看不见，但老轿车稳稳当当地前

行着。开始时，小偷很得意，后来就觉得不妙了，因为天亮

了，阳光洒满世界，而车里面则仍漆黑如夜——车玻璃变成

墨黑色的了。

"不许你调皮，听我的话！"小偷凶凶地说，"去古玩商

家，那里会给你荣华富贵的好日子。"

而这时，老轿车忽然停下，车门打开，那只皮鞋被谁扔

进来，砸在小偷的脸上。小偷这才看清，老轿车又将他载回

到约翰先生家院子里了！此时，约翰先生在洗漱，他没注意这一切。

"看来，我和你今世无缘啊，再见！"小偷穿上皮鞋，跳下车。糟糕，那只皮鞋又被关紧的车门卡住了，他怎样抽也抽不出来。"放开我，放开！"小偷大喊。

这回，约翰先生听见了，他从屋里跑出来。

"喂，那位我不认识的朋友，你在干什么呢？"

"做游戏，"小偷尴尬地笑道，"是这样，这老爷车一定是饿了，瞧，它吃我的皮鞋。"

"这不算坏事，它能吃皮鞋，说明它的牙齿很健康。"说罢，约翰先生又去忙别的了。

"哎哟！我的脚，我的脚——"小偷忽然痛苦地叫起来，因为老轿车的门咬住了他的脚后跟！

苹果树上的傻苹果

一

　　有一只苹果长在树上，是个大块头，身上长了好多褐色斑——大概是一种皮肤病吧，树上的其他苹果担心传染，都对这只苹果避之又避。这只苹果在树上很孤独，天天发呆，久而久之就变呆了。大家叫它大傻。

　　紫天后——一只胭脂气浓郁、天生丽质的紫苹果，懂一点占卜，它断言傻苹果将来必定进罐头厂。品相不佳的苹果登不了大雅之堂，最终只可以做果酱做罐头，这是常识。

　　傻苹果并不在乎进罐头厂，它在乎孤独，它希望有一个朋友，哪怕是一只被鸟啄食过的苹果也成。可这根本不可能。

感谢一条小虫给了它机会。

这条小虫相中了傻苹果，打算在傻苹果的地盘里挖一条隧道。不等小虫把意图说完，傻苹果就迫不及待地说："可以可以很可以！"

傻苹果并不清楚小虫挖隧道会令自己伤痛，心里只想有一个朋友。它跟小虫签了一份合同，还看了小虫的工程图纸。那张图纸小极了，像一粒野花籽，但工程宏大，小虫想从傻苹果地盘的东方挖起，一直挖到西方，打通一条可以眺望落日的隧道。

"什么时间开工？"傻苹果着急地问。

小虫说："现在。"

"噢——噢——"傻苹果欢呼起来，还吻了小虫一口。小虫太小，不懂吻的意义，不配合，用小尾巴抽打傻苹果的脸。傻苹果以为小虫害怕染上褐斑呢，它挺尴尬的，但还是想，应该把皮肤病的事告诉小虫。可是，小虫已经开始施工了。

小虫的小牙齿特有劲，咔嚓，咔嚓，一会就在傻苹果长褐斑的面颊上凿开一个小圆洞。傻苹果感到很疼，从来没有过的疼，但它还是没忘记提醒小虫，说："我皮肤有斑，你不怕被传染吗？"小虫不在乎地说："你皮肤有斑，但肉质美白不一般。"

小虫紧张施工，细小的牙齿像缝纫机的针尖似的一闪一闪，身子用力旋转。它的小白肚又嫩又薄，透明呢，里面的小胃小肠清晰可见。它飞快地挖掘，不，是啃噬，它每啃噬一下，傻苹果的所有神经都要跟着紧缩一下，太疼了！傻苹果只好喊叫："噢——噢——"这样可以缓解疼痛。小虫呢，它并不知道傻苹果是因为疼才喊叫，满以为傻苹果是因为高兴才叫。

小虫太小了，第一次学习挖隧道，除了牙齿有劲，别的什么也不懂。

咔嚓，咔嚓，咔嚓，小虫状态好极了，挖掘速度节节提升。傻苹果要疼死了。但它不后悔，有朋自远方来，不亦乐乎？它还悄悄对自己说："疼并快乐着，不怕不怕！"它是真心实意把小虫当作朋友。

二

夕阳沉落，小虫下班了。它躺在那里休息，小牙上沾满黏稠的果汁。这时候隧道已经挖进十一毫米深，小虫的身体

完全可以隐蔽在里边，不需要太担心麻雀来偷袭了。傻苹果也松了一口气——小虫一休息它就不觉得很疼了。只可惜这样的时光太短暂。

小虫是一条只争朝夕的小虫，只休息了三秒钟又上夜班了。它要趁天黑把隧道向前推进，一直推到傻苹果地盘的黄金地段，那样的话就是啄木鸟也休想偷袭它了。

很快，隧道掘进了傻苹果的黄金地段。黄金地段基本上是傻苹果的神经中枢部位，所以，傻苹果疼得昏迷过去。小虫呢，它以为傻苹果是在睡觉。夜已深，作为一只悠闲的苹果不睡觉还能干什么？又没有电脑可以玩。小虫这样想。小虫太小了，考虑问题不免简单。

大风来了，昏迷的傻苹果被刮得左摇右晃，像一缕没魂的炊烟，一下撞到一只红苹果身上。

"喂！大傻，你想把褐斑传染给我吗？小心我起诉你。"红苹果警告道。

傻苹果从昏迷中醒过来，说："不是我撞你的，是风，它推我的。"

"干吗怪风，你站稳点不就好了吗？哟，谁把你弄破一个洞？"红苹果忽然发现了异常情况。"呃，一定是你的皮肤病恶化了，流脓了，呃！沾到我身上了，我要得皮肤病了！"

红苹果又愤怒又恐慌。紫天后被惊动了，紫天后的位置在红苹果的上面，它认为红苹果一旦染上皮肤病它也逃脱不了厄运，所以它也十分恐慌。不过，它是天后，又懂点占卜，还是镇定下来。它仔细观察一番傻苹果身上的小洞口，得出结论，不是皮肤病恶化，是被鸟啄破的小洞。

于是，紫天后危言耸听地说，一定是死神派来的鸟，要收走大傻的魂灵。

"不是鸟，是小虫。"傻苹果纠正说。

"小虫？什么小虫？"

"挖隧道的小虫。"

"哈，那更是死神派来的了！大傻，你还不知道，小虫是在吃你的肉。"

"不是吃肉，是挖隧道。"

"挖隧道就是吃你的肉，小虫越吃越肥，你越来越瘦，直到你的身体被掏空，罐头厂也不要你了。"

听紫天后这么一说，傻苹果也感到自己变轻了，风来了，它有点发飘呢。它还留意到，小虫比来的时候胖了很多。

傻苹果悲哀了，悲哀的不是罐头厂要不要，是小虫欺骗了它，它把小虫当作好朋友，小虫却吃它的肉，也不说一声，太伤心了啊。它哭了，哭得十分委屈，眼泪流成了河，隧道里被灌满了，像发洪水。

三

小虫没学过游泳，它在眼泪洪水里乱扑腾，说："大苹，从哪儿来的这么大的洪水呀？外面下暴雨了吗？影响我施工呢，你能帮我借一条小船吗？一毫米宽的小草叶就 OK 了，拜托啊！"

傻苹果说："我才不呢，请你不要施工了。"

"为什么？"小虫一惊。

"你不傻，别装傻，你骗了我！"

"我骗了你？我没有呀，真的。挖好了隧道，产权归你所有，我只在隧道里住几天就离开，这些，合同上都清清楚楚写着，你没仔细看吗？"

"你吃我的肉！"

"什么？我吃你的肉？呃，我明白了，你是说，我把挖下来的果渣吃掉了，对吧？可是，即使我不吃，这些果渣也得扔掉呀，挖隧道必须排渣，这是建筑学的常识，你明白？"

傻苹果想了想，似乎明白了，但它说："我很疼，疼昏了。"

这可让小虫大吃一惊了，小虫说："太对不起你了，不过我发誓，我真的不是故意的，我不知道我挖隧道你会很疼，我一直以为你很高兴，我真该死，真该死。"

小虫决定惩罚自己的无知，要用傻苹果的泪水把自己淹死，它把脑袋埋进泪水里，一秒，两秒，三秒，四秒，五秒，六秒……

傻苹果想，看来小虫是真心了，不知不为过。于是，它一使劲就把隧道里的泪水吸干了。小虫僵直地躺了好半天，才渐渐有了意识，说："我罪大恶极，你为什么不把我淹死？"

傻苹果说："你是我的朋友。"

"可是，我挖隧道把你弄疼了。"

"那你就不挖隧道。"

"这可不行，我生为挖隧道而生，不挖隧道还不如死。你

还是再发一次洪水让我淹死吧。"

"我不让你死，也不让你挖隧道。"

"这等于活活折磨我啊，下一辈子我再也不当小虫了，要当就当一只苹果，像你一样的长褐斑的大苹果，和你一起在树枝上做好朋友。"

"真的？"

"当然，不信，我和你签一份合同。"

"那可以。"

傻苹果和小虫签了合同，就是各自在对方肚皮上画一个椭圆形记号。

得到了这份合同，傻苹果又一次吻小虫。这次小虫老老实实让它吻。小虫白胖的肚皮本来凉冰冰，傻苹果吻了一下就发烫了，像太阳一样烫。小虫太小了，获取一点点热量体温就急剧升高。傻苹果吓坏了，担心小虫很嫩很薄的白肚皮会被烫熟了。还好，小虫安然无恙。

"小虫，开工吧！"傻苹果说。

"是！"小虫像士兵一样敬礼，上工了。

傻苹果又说："小虫，你不是骗子，别把脑袋低下，昂高一点！"

"是！"小虫顺从地把脑袋昂高。

傻苹果又说："小虫，你不是吃我的肉，是排渣，别不好意思，大口吃！"

"是！"小虫顺从地大口吃果渣。

傻苹果又问了一个比较浪漫的问题："小虫，将来你能当飞行员吗？要是能，你带我去看城里的霓虹灯，最好到月亮上看看。"

"是！让我努力吧！"小虫信誓旦旦。

傻苹果说什么，小虫都说"是！"回答得很干脆，傻苹果很受用，觉得自己就像一个大将军，小虫是一个听话的小士兵，真的很享受呢！而在苹果树上它从来也没得到过这份享受。所以，在这之后无论小虫怎样用力挖掘，怎样吃果渣，它都觉得是一种幸福。觉得是一种幸福了，就不去想疼的问题了，不去想疼的问题，就不觉得疼了。就是这样。

四

隧道终于打通了，小虫正要欢庆胜利，却发现隧道方向错了。图纸上的隧道明明是能看见日落的，现在却只能看见日出。原来是小虫施工有误，隧道从傻苹果的东方挖起，这没错，但隧道在傻苹果地盘里转了一圈又一圈，一圈又一圈，一共二十六圈，最后又转回到东方。这个错误犯得太曲折了！

小虫太小了，缺少施工经验，但错误太大了，小虫不想饶恕自己。所以，它哭起来，眼泪滴答滴答掉，它想哭多点泪水，好把自己给淹死。

傻苹果说："你总想死，这不健康，隧道挖错了再挖一条就是了，反正你有力气。瞧你的个子，已经长大了很多，再挖一条吧。"

小虫看了看自己，确实比以前长大了很多，不但胖，而且肌肉发达，完全是个小伙子的模样了。

但小虫还是有顾虑，说："大苹，你不疼吗？"

"哪里？我很享受。"傻苹果笑道。

于是，小虫又开始施工。到了第二天，第二条隧道挖通了。不过又挖错了方向，出口挖在了傻苹果的北方，看落日

需要使劲扭着脖子才可以看到，很不方便。

傻苹果鼓励小虫再挖一条。小虫信心满满，但时间

来不及了，果农已经开始摘苹果了，很快就要摘到这边来了。如果傻苹果被摘掉了，即使挖好隧道也看不到落日了。但小虫是条聪明的小虫，它开始招兵买马。

只用了十秒钟时间，小虫就招来八条爱好挖隧道的小瘦虫。

小虫和小瘦虫们兵分三路，夜以继日地挖隧道。挖着挖着，三路人马不知怎么就分成了九路，也就是说，九条小虫各自挖各自的隧道。这也好，小虫们可以互相比赛，干劲高呢。很快，九条隧道都在傻苹果的西方打通了。

傻苹果的地盘里隧道如织，纵横交错，四通八达。小虫终于观赏到落日了，落日比苹果还大还圆。小虫也注意到，招来的八条小瘦虫个个胖的滚瓜溜圆，个头也大了。

只是，傻苹果的体重变得很轻，它的肉百分之九十五，不，是九十五点五，都被小虫们当废渣排掉了，它只剩下了一个苹果壳，褐斑还留在上面。

紫天后嘲笑说："大傻，你想改行当一只小灯笼吗？"

第二天，苹果树上只剩下傻苹果自己了，所有的苹果都被果农摘走了，傻苹果是一只空壳，果农遗弃了它。紫天后临行前还对傻苹果说了一句："祝你在这里好好孤独吧。"

五

傻苹果可不孤独，有那么多小虫和它做伴呢。小虫们在隧道里钻来爬去，有戏有闹，傻苹果的地盘仿佛百老汇，它把自己想象成百老汇的大老板。

大北风呜呜叫。傻苹果在风中尽情地摇荡，很快活，它再也不用担心因为撞着别的苹果而遭骂了。大北风刮了十几个小时，傻苹果变得更轻了，有点灯笼风筝的感觉呢！如果切断果蒂的话，飞起来怕是不成问题。它计划好了，一旦飞起来，就去城里看霓虹灯，然后再去月亮上做一次旅行。这么美丽的事，紫天后怕是做梦都想不出来呢！

大北风还真的把果蒂刮断了，傻苹果真的飘了起来，但是一点也不稳，摇摇晃晃的，突然一下子落下来，掉进一口枯井里。

枯井黑洞洞。傻苹果有点害怕了，它喊小虫，没有回应。

小虫在隧道里忙着呢，它和八个伙伴正在手忙脚乱地织越冬的棉纱，皑皑的棉纱将它们的身体越裹越紧，密不透风，它们听不见外面的声音。

好吧，只要你们都在我的地盘里，我就不怕了。傻苹果这样想。这样想，它心里就亮堂起来。其实枯井也不错，避风，不冷，也不热，也不干燥，是个越冬的好地方啊。傻苹果心满意足地睡着了，让棉纱紧裹着的小虫们也沉沉地睡去了。

转眼冬天过去，春日阳光如同一面金黄的薄纱徐徐飘落到枯井里。

傻苹果醒来了，轻轻一动，身体居然飘浮起来。它的体重又变轻了很多。快让我飞起来吧，飞出枯井。傻苹果想。但它只是飘浮在那儿，根本飞不动。忽然，它发觉隧道里一阵窸窣，一阵骚动，呃，是一只棉纱球从隧道滚了出来。

棉纱球上开着一个小口，一只小花蛾从里面奋力爬出来。它长了两只乳黄色的花翅膀，浑身毛茸茸，脑袋上还插了两根细细的小天线，真像一架小飞机。小花蛾意气风发地说："大苹，你不认识我了？我是小虫！"

傻苹果惊疑着，说："你不是，小虫可不像你这个样子。"

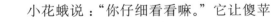

小花蛾说："你仔细看看嘛。"它让傻苹果看它的肚子，肚子上有傻苹果画的椭圆形标记——小虫尽管从成虫变成了蛹，又化蛹为蛾，但那个标记仍依稀可辨。

"呃，真的是你啊小虫！"傻苹果大惊大喜。

小虫说："你不是希望我当飞行员吗？走，我带你去看霓虹灯，我答应过你的。"

"你能载动我吗？"

"还有八架飞机呢，载一只苹果壳保证没问题。"

这时，八条小虫变成的小花蛾从隧道里扑棱扑棱钻了出来，它们和小虫一样，意气风发。

九只小花蛾齐心协力托举着傻苹果飞起来了，十八片小翅膀扑打扑打扇着，傻苹果觉得自己好像一下子长了十八只脚。十八只脚踩着金黄的阳光从枯井里走出来，又踩着满是苹果花香味的春光朝天空走去。

傻苹果激动得说不出来话了，"噢——噢——"它这么欢呼着。不过，它想好了，如果遇到紫天后，它一定要说："紫天后，我要去看霓虹灯了，还要去月亮上看看！"

然而，傻苹果再也见不到紫天后了。

因为紫天后在冬天里就已经登上了大雅之堂——它被切成一片片月牙形状，摆放在五星级酒店里一只考究的果盘里。

满嘴珠光宝气

一

那天早晨我刚醒来，一个嘴大耳阔、自称是螳龙的怪物盛气凌人地出现在我面前——其实它不过是个像松鼠那么大的小家伙，可它说话的口气却比校长还要大。

它说："贾踢！你的口腔好臭，快去刷牙吧！"

我说："刷不刷牙与你有什么关系？多管闲事。"

它不高兴了："关系大着呢！我奶奶留下的全部珠宝都藏在你的嘴里，知不知道哇？"

我说："我嘴里除了舌头就是牙齿，哪来的珠宝？信口雌黄。"

它说："那好吧，现在我就取走我奶奶的珠宝！"

"哗啦哗啦"，天哪，我的门牙、食牙，包括刚鼓出来的一颗恒牙，统统开始松动了，哎哟，疼死我了！我说："螳龙，你真要全部取走呀？"

它说："当然了，拿自己家的东西还需要对谁客气吗？告诉你，一颗都不给你留下！"

我说："那我不变成瘪嘴老头儿了，我怎么见同学？"

它说："那是你自己的事儿，与我无关！我是螳龙，不是贾踢。"

我一下变得怒不可遏了，抓起球棒。咚咚咚！球棒砸在螳龙身上，这不错，可我的那些金光灿烂的牙齿噼里啪啦直往地上掉。我不得不住手。

但是，螳龙还是毫不客气地把它奶奶的珠宝，也就是我的二十八颗牙齿，全部拿走了。我的脸从鼻子往下变得既像婴儿又像老翁，超级难看。

我妈妈见了惊讶地问："贾踢，你的牙呢？"

我说："让人抢走了。"

妈妈急得跳起来："发生了这么大的事，你怎么不报警？"她立刻给警方拨了电话。

警察很快赶到，勘察了现场，取走了一些证据。一小时后，警察返回来，遗憾地告诉妈妈，说这不属于抢劫案，因为我的牙齿确实是螳龙奶奶留下来的珠宝。警察还拿出一份档案给我们看，那上面清清楚楚写着：我的所有牙齿实际上并非牙齿，而是一些上等的翡翠珠宝，它们是属于螳龙奶奶的遗产，而且这已经是十二年前的事了。

妈妈一脸迷惑："我怎么一点也不知道？蹊跷啊！"

警察指指手中的那份档案："这是事实，你不要有任何怀疑。"

妈妈说："可我儿子没有牙了呀，这由谁来管呢？"

这回警察变得迷茫了。

爸爸义愤填膺，决定找螳龙摆平这件事。但找了一个星期也没找到螳龙，气得他七天七夜睡不好觉。妈妈呢，她沉浸在无比的悲伤和自责之中，她后悔自己粗心大意，在我出生时没注意有人在我的口腔里藏珠宝。

我说："怪不得我门牙长得难看，原来有人捣鬼。"

妈妈说："现在不是难看的问题，而是你的尊严。"

是啊，一颗牙齿也没有的男孩就像被拔光羽毛的公鸡，尊严何在？

二

我的门牙长得长，同学们总喜欢拿我取笑，说我是电影里的兔子罗杰。而现在我一颗牙也没有了，等着大家取笑吧。

我戴着口罩去上学。好在这是深秋季节，路上没太引人注意。上课时，我也戴着口罩。老师和同学也没觉得这有多么异常，都以为我是感冒了怕传染别人。热情的燕老师还送给我一粒神医华佗药，叮咛道："一日舔三次，一次舔两下，明天感冒就彻底好了。"

可是，我的同桌阿告一直在窃笑，她的眼光不时地偷偷在我脸上瞄来瞄去——她一定是觉察到我出问题了。

阿告有一双洞察秋毫的大眼睛，这我深信不疑。比如，一次她问我："贾踢，你在日记本里写了我的名字，是三处，对吧？"我听后吓坏了。我在日记里确实写过关于她的事情，可日记本是放在家里的，她怎么会知道？她不依不饶，又问我："干吗写我？请你以后不要在日记本里写我一个字。"我当时脸通红。以后我再也不敢在日记里写她的名字了，非要写的话，就画一对大眼睛来代替。

现在，阿告的大眼睛里含着讥笑，是讥笑，没错，女生讥笑没有牙齿的男生是正常的事情。可我难过，如果换成别的女生，我不会在意，阿告是我的同桌，是我写日记都惦记的女生啊！在我心里，阿告是世界上最像女孩的女孩。

虾皮是我在学校棒球队里的好朋友。那天，他很慷慨，说请我吃烤牛排，而平日他连一小碟煎焖子都舍不得请我吃。

我说："请你以后别在我面前提到用牙齿啃东西的事儿。"

虾皮说："那就请你喝奶果汁，总得庆贺一下吧，是不是？"

我火了："虾皮，你在幸灾乐祸！"

虾皮心平气和："你认为没有牙齿是灾难吗？好愚蠢哟。我问你，别人的牙齿是珠宝吗？只有你的是。那么多的珠宝，多诱人啊！其实，你目前最要紧的是找一个保镖，而不是别的。"

我说："珠宝已经被人取走了，傻瓜！"

虾皮说："塞翁失马，焉知非福？"

在冷饮店里，我摘下口罩刚喝一口奶果汁，突然发现窗玻璃上映着一双偷窥的大眼睛。是阿告。她看见了我空洞的口腔了！我赶紧戴上口罩，奶果汁杯被碰翻了。

虾皮心疼地叫："那是我的二十五块钱呀，败家子！然后他一脸疑惑地望向窗外，说：“你看到了什么？”

我不作声。这是我的秘密。秘密，你懂吗？

三

虾皮给我出了一个主意，要我想办法跟螳龙讨回牙齿，哪怕讨回来那颗最长的门牙也不算吃亏。这个主意得到了我爸妈的肯定。理由是，牙齿即使是螳龙奶奶的珠宝，那也不能说拿走就拿走，至少要付给我一笔保管费。

在爸爸想象中，少说也要跟螳龙要十二万元钱，即保管一年收费一万元。但妈妈说：“不能把标准定得这么低，要留出讨价还价的余地。”她喊出一个天文数字：六百万元！并说经过讨价还价之后，我们家能得到五百万。

我说：“你拿我当摇钱树吗？我的苦恼你置之度外！”

妈妈说：“谁置之度外了？有了钱，才能请到最好的牙医，才能给你重新镶一口最先进的人造牙齿。否则只好给你镶一口塑料牙了。”她又说：“螳龙必须由你去找，因为你是受害者，最有资格开口要价。”

我说：“要去你们去，我不去。”

妈妈拉长了脸："贾踢，你对自己就那么不负责任吗？行，我这就带你去镶塑料牙。"

爸爸趁机使坏儿："那可惨了，没有哪个女生愿意和塑料男生做同桌。"

看来我必须得办这件事了。

可是，去哪儿找螳龙呢？

那天放学，我正发愁，螳龙自己跑来了，气喘吁吁地说："贾踢，我奶奶的珠宝还是放在你这儿吧！"说罢，把一堆牙齿叮叮当当塞到我嘴里，然后扬长而去。

二十八颗牙齿又长在了我的嘴里，那可是满满一口珠宝啊！真是踏破铁鞋无觅处，得来全不费功夫。我正高兴着，突然来了九个蒙面人，个个都是彪形大汉。

他们问："贾踢，你去哪儿？"

我说："回家。"说完，我赶紧捂住嘴巴，唯恐他们发现珠宝。

我回到家，九个蒙面人也跟来了，他们像到了自己家一样随便，开冰柜拿饮料喝，拿香肠吃，椅子上坐着，沙发上躺着。客厅被占得满当当，像来了一群海象。

我说："这是我家，不是超市，你们不可以随便进来。"

他们说："我们的珠宝存放在你嘴里，不看紧点我们放心吗？"

我说："什么你们的珠宝？这全是我的牙齿。"

个子最高的那个蒙面人从提包里掏出了螳龙，说："问它，到底是你的牙还是我们的珠宝。"

可怜的螳龙吓得口吐白沫，连眼睛都不敢睁开。我这才明白，螳龙遭遇不测，把我的牙齿出卖了。

爸爸下班回来见到九个蒙面人，紧张得厉害，嘴巴哆嗦了半天说不出一句话来。我真不明白，平常他不是说自己很勇敢吗？

一会儿，妈妈也下班了，她表现勇敢，不把蒙面人当回事儿。她旁若无人地对我说："贾踢，用你的一颗小金牙给妈妈打一条项链吧。"

"不行！绝对不行！"九个蒙面人吼着，把我围起来。他们那么高大魁梧，我像被围在一座城堡里。

妈妈说："是我儿子的牙齿，有什么不行的？"

蒙面人都从衣兜掏出弹弓，瞄准妈妈的脸，说："要是敢动一颗牙齿，就叫你脸蛋开花！"

爸爸息事宁人地摆着手："息怒息怒，我们不会动你们的珠宝，一颗也不动，我们不要项链也不要脸蛋开花。"

夜里，妈妈耍了个小阴谋，她带领爸爸假装兴高采烈地烧了一桌子好菜，盛情招待蒙面人。妈妈打算让爸爸把蒙面人灌醉，然后把我转移到一个秘密地方。结果，蒙面人一点没醉，倒是爸爸醉如烂泥，躺在桌底下。

四

我去上学，九个蒙面人也大摇大摆地跟着我走进教室。

同学们惊吓地问："贾踢，你被绑架了？"

我说："什么绑架？他们是我的保镖，你们把嘴都闭上，惹恼了他们小心吃弹弓丸。"大家不敢再问了。

上语文课，燕老师叫我朗读课文。我朗读得流利极了，大家都用惊讶的目光看我，这是因为平日我朗读课文一向结巴。这时，阿告突然惊叫道："哇，贾踢有那么多金牙、玛瑙牙、翡翠牙！怪不得他朗读得好了。"

"是吗？"大家都围上来看，说，"哇，满嘴珠光宝气，金口玉牙啊！"有个女生说："贾踢的嘴是杜十娘的珠宝箱！"

九个蒙面人掏出弹弓，装上弹丸，朝大家吼道："都不许对贾踢的牙齿想入非非！"

下课时，燕老师对蒙面人说："你们最好退出教室，不然校长看见了，我不好交代。"

蒙面人说："我们必须看好贾踢，不能让我们的珠宝少一颗。"

阿告羡慕地看着我，说："贾踢，你真了不起，有这么多保镖保护你。"

我听了很舒坦，像有一大块阳光照进肚子里。平常我不敢正眼看阿告，现在我敢了。阿告对我非常感兴趣，一遍遍问我："贾踢贾踢，这么多翡翠玛瑙，你都打算怎么用？"以前，她对我可没这么多的话，我爱打棒球，她特讨厌这种运动，所以她连和我说话都懒得。

"贾踢贾踢，你想过吗？"阿告又说，"用翡翠玛瑙可以买一座旱冰场，我们可以天天去玩，多好啊！"

她就喜欢滑旱冰，我知道。我是多么想满足她的要求啊！可是，有这么多蒙面人守在身边，我敢吗？

去学校，九个蒙面人跟着我；走在街上，他们也跟着，就连学校组织郊游他们也寸步不离我。

妈妈说："这样也好，贾踢在外面的安全不用我们担心了。"

爸爸说："坏事可以转为好事。"

他们的话有道理，因为我嘴里毕竟是一个不大不小的珠宝箱，满嘴飞金流银，珠光璀璨，这已经引起许多不轨的人垂涎了。假若没有九个彪形大汉保护，恐怕我早就被坏人劫持了，是死是活不好说呢。

我还发现，爸爸和妈妈变得一天比一天踌躇满志，因为他们相信那些珍珠玛瑙迟早是我的，不管眼下蒙面人有多么猖獗，总有一天事情会真相大白。用爸爸的话说，是你的就是你的，不是你的抢去也不是你的。

还有，我家的亲戚们也都以我的珠宝牙齿为荣，他们跟别人谈话时，喜欢不断地提醒对方："贾踢是我们家的亲戚，他的牙不是牙，是珍珠玛瑙翡翠嗳！"

一开始，我也觉得自己光彩无限，八面威风，因为我相当于一个腰缠万贯的富翁，又有九个保镖前呼后拥，风光啊！然而，这种日子没过几天，我就感到悲哀了，我发现自己是个失去了自由的人。

一次，九个蒙面人要看京剧《四郎探母》，非要拉着我去。我说："我一看京剧耳朵就疼。"他们说："耳朵疼也得去，不管哪儿疼都得去，你不可以脱离我们，这是规矩。"他们连拉带拖把我弄进剧院里。

《四郎探母》刚开了个头，我借故去卫生间，溜了。但没跑出多远就被他们追了回来。个头最高的那个蒙面人把我抓在手里捏捏，塞进了他的提包里，拉上拉链。我也说不清提包怎么装得下我，就是一只普通的猪皮提包嘛。在提包里，我碰到了螳龙。

我说："都因为你，我没有自由了。"

螳龙说："可你有那么多的珠宝啊！现在阿告对你很感兴趣，不是吗？有得必有失，不可能全世界的好事都是你一个人的。"

又一天，九个蒙面人要我站在大街中间，对面有一位漂亮姑娘正朝这边走来，蒙面人说："你朝她大声唱歌，让你的珠宝牙齿光芒万丈，把她诱到我们这边来。"

我不答应，我清楚他们是在搞恶作剧。可他们往我嘴里塞进两只蟋蟀，蟋蟀在我的嘴里干架，又跑又蹦，我口腔痒得厉害，不得不张开嘴唱歌。漂亮姑娘被吸引过来了，蒙面人讨得一份满足，开心地哈哈大笑。

漂亮姑娘恼怒地说我："你真淘！"然后，用唇膏在我脸上画了一只小乌龟。乌龟居然活了，咬了我鼻子一口。哎哟！疼死了。我一把抓住乌龟，但乌龟变成了画儿，牢牢地印在我的手心上。

我受到了侮辱，感到无地自容。偏偏在这时，虾皮和我的同桌阿告忽然出现了。

阿告难过地说："贾踢，你怎么能这样啊？"

虾皮说："我都替你害羞。"

我低下了脑袋，不敢看虾皮，更不敢看阿告。当我再抬起头时，发现阿告和虾皮已经走远了。我大声喊："这不怪我，怪珠宝！"

五

星期天深夜，我夹在九个蒙面人中间正睡得香，忽闻一声呼唤："贾踢，皮大侠来救你！ 我被惊醒了，九个蒙面人也醒了，我爸我妈也醒了。"

哪个皮大侠？

屋里很黑，借着微弱的月光我看清楚了，原来是虾皮！

只见他站在窗台上，披着一块黑布斗篷，戴着摩托车头盔，举着一根银色球棒，那样子还真像个江湖侠客。尽管虾皮嗓音嫩了点，但他还是把蒙面人吓着了。

　　蒙面人们都掏出弹弓。

　　虾皮说："有种的到外面打。"说罢转身跳下窗台。

　　好厉害啊，我们家住的可是二楼啊！

　　蒙面人们也从窗户上跳了下去。我突然明白了，虾皮要用调虎离山计把他们引开，让我逃走。我连衣服都来不及穿，推开门就跑。妈妈在后边喊："贾踢，去你二外婆家，坐火车，到小丽江站下车，拐两个弯就是二外婆的家！"

　　我拼命往火车站跑，跑啊跑啊，最终糊糊涂涂地跑进一家小牙科医院。

　　昏淡的灯光下，一位瘦瘦的中年男医生在值班，他旁边还坐着一个女孩，女孩正是我的同桌阿告。她在小台灯下做功课呢！

　　见我跑得上气不接下气，她问："贾踢，你来干什么？"

　　我居然说出俩字："拔牙！"

　　"拔牙好，拔牙好，拔了乳牙换恒牙。"瘦医生兴高采烈像唱歌似的说，一把将我按到修牙椅子上，拿起麻醉针就要给我扎。

阿告说："舅舅，别性急，看好了再拔！你看没看清楚贾踢长的是什么牙啊？"原来，瘦医生是阿告的舅舅。

阿告舅舅笑道："看见了，珍珠玛瑙翡翠牙，正因为是这样的牙，才应该拔掉。"

第一颗闪闪发光的金牙拔下来了。我说："阿告，给你吧。"

"给我？"阿告受宠若惊。

第二颗流光溢彩的玛瑙牙拔下来了。我说："阿告，拿去吧。"

"干吗都给我啊？"阿告更紧张了。

二十八颗珠宝牙叮叮当当全被拔了下来，我全部送给了阿告。阿告的脸被熠熠发光的珍珠玛瑙翡翠映得五彩缤纷，不过她的表情十分僵硬，像彩灯下的木乃伊。

"干吗给我这么多？"她说。

我说："你不是想要一座旱冰场吗？"

她说："那你呢？你没有牙齿了。"

就在这时，小牙科医院的门"轰"一声被撞开了，九个蒙面人追赶着虾皮闯进来。

虾皮手中的球棒断了，黑斗篷让弹丸穿了好多窟窿，摩托车头盔也瘪了——看来他已寡不敌众。但他仍然顽强地与蒙面人格斗，医院里被搞得昏天黑地。

阿告慌了："怎么办？怎么办？"她舅舅一把将她推到装药品的柜子里藏起来。

阿告的舅舅尽管瘦，但特别勇敢，他戴上乳胶手套，说："让我来助皮大侠一臂之力。"

他准备了九支大强度麻醉针，趁蒙面人打斗的当儿给他们注射进去。顷刻间，九个蒙面人便失去了战斗力，昏昏欲睡。小牙科医院里恢复了安静。

我想起螳龙，但是把蒙面人的提包和他们的衣兜翻遍了，也不见那小东西的影子。

虾皮这时才发现我嘴里变得空洞洞，惊异地问："贾踢，你的珠宝牙呢？"

我说："拔了。"

他说："拔哪儿去了？"

我说："送人了。"

虾皮急了："送给谁了？"

我不想告诉他。但这时阿告从药柜子里爬

出来，说："在我这呢。"

可是，她手里捧的只是二十八颗普普通通的牙齿！

阿告吓哭了，说："我不会变魔术，我不会……"

我安慰她："别哭了，这没有什么。"

虾皮说："什么没什么？那可是珠宝牙，价值连城！要不我干吗豁出命跟他们拼？看，我门牙都被弹弓丸打碎了。"

虾皮的一颗门牙确实碎了一块，那可是他引以为豪的门牙啊！

但是，我不管他，因为阿告哭得实在让我伤心，我继续安慰她："这没什么，有什么呢？是你的就是你的，不是你的就不是你的。别哭了。"

阿告不哭了，擦擦眼泪，对舅舅说："把这些牙给贾踢重新镶上，好好镶，镶得整齐些，门牙别留得太长。"然后她转过头，用心地看着我。她的一双大眼睛在深夜里显得愈发美丽！

我脸忽一下红了，慌忙垂下眼帘。不过，那一瞬间我把阿告的大眼睛再一次深深地刻在心里，心想，以后再往日记本上画这双眼睛，一定会画得更逼真。

六

事情结果让妈妈非常遗憾，她说："看我们家让蒙面人搞得乱糟糟，简直像难民棚，结果我们连一粒最小的玛瑙都没得手。"

爸爸现在变得比较理智了，说："坏事可以转成好事，看贾踢现在的牙齿多整齐啊！"

虾皮一点也不认为我在这件事上得了便宜，按他的意思，我应该继续寻找螳龙，索要一笔珠宝保管费。而我对他的建议无动于衷。

虾皮还对阿告以及阿告的舅舅有颇深的怀疑，他说："牙医为什么那么积极为你拔牙？深更半夜阿告怎么会在医院里？做作业？那不过是用来掩人耳目的！明明捧着的是珠宝牙，转眼变成了普通牙，谁都该相信这里有鬼！"

我否认了他的猜测，说："别人有可能，但阿告绝不会。"

虾皮生气地说："你就这么相信阿告？不可思议。"

虾皮怎么会知道我心里的秘密呢？

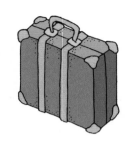

装在橡皮箱里的小镇

再补一百张车票

橡皮镇远近闻名，这没错。但别人很难找到它。为什么？因为老镇长，就是那个叫"老橡皮"的人总喜欢把小镇藏起来。藏在哪儿？藏在一只大橡皮箱里。

又有人慕名而来。是个修鞋匠，也背着一只箱子，但他的箱子远不及老橡皮的大。

"啊，老橡皮，不，老镇长，总算找到你了。谢天谢地，真不容易啊！"

老橡皮想躲开，来不及了——修鞋匠已经站在了他面前。

"我非常忙，特别忙。"他说。

"我知道你特别忙，可我为了到橡皮镇上逛一逛，已经马不停蹄地找了你三十年。"修鞋匠打开他的小木箱，里面装着二百多双破鞋，"你瞧，这些鞋都是我因为找橡皮镇穿破的。"

"好吧，就让你到镇里逛逛吧，"老橡皮被感动了，"不过，你得闭上眼睛。"

鞋匠闭上眼睛。老橡皮打开了橡皮箱，把他抱进去。

橡皮箱里装的就是远近闻名的橡皮镇。啊哈，那真是个不同寻常的镇子！修鞋匠闭着眼睛东摸摸，西捏捏，他的手一下捏到一条大狗的鼻头上。"呜汪！"大狗想咬他。大狗正在打瞌睡呢。这是中午，天热得很，橡皮镇的居民都在睡午觉，睡得昏天黑地，狗也犯困，狗睡觉最讨厌有人打搅了。

"啊哈，这狗的鼻子是橡皮做的，这么有弹性，它的身子也是用橡皮做的吗？"修鞋匠继续摸着，摸到了房子、门、窗，房子里面的桌、床，还有电视、冰箱。最后他摸到了睡觉的人。

"人也是橡皮做的吗？"他问。

"是啊。你轻一点儿，别摸醒了他们。女人就不要摸了。"老橡皮说。

"不摸了，不摸了。现在我总算知道橡皮镇的人为什么个个都像芭蕾舞蹈演员，原来都是用橡皮做的呀。真是百闻不如一摸，你们橡皮镇是个名副其实的橡皮镇。"

鞋匠逛累了，一屁股坐到自己的小木箱上："我就留在这儿吧，替你们修鞋，我还会修脚上的鸡眼和脸上的牛皮癣呐。"

　　"这恐怕不行。"老橡皮为难了。

　　橡皮镇早已人满为患，想到这里落户的人多得很，有不少雕塑家、工程师想搬来住，老橡皮都没答应。

　　"砰砰砰！"鞋匠用钉子把自己的双脚钉在了镇街上，并说："我主意已定，答不答应我都不走了。"

　　老橡皮不高兴了，找来一把羊角锤拔修鞋匠脚上的钉子，没拔动。原来，修鞋匠钉钉子时涂了万能胶。无奈，老橡皮只好答应了。

　　老橡皮有个习惯，习惯在人们午睡时，扛着橡皮箱散步。这时的橡皮箱就像一只大摇篮，人们睡得更是香甜，而且绝大部分人都做着与哺乳时期有关的梦。据说经常做这类梦对人的健康有益处，所以老橡皮散步时总是将肩上的橡皮箱有节奏地摇动，舒缓而浪漫，使人们的梦境更富于意趣。

　　现在，老橡皮来到小火车站散步。

　　"请上车。"列车长热情邀请。

　　"不，我在散步。"老橡皮说。

列车长吹响发车的哨子，但是，火车的铁轮子像是粘到了钢轨上，纹丝不动。

"火车让你的橡皮箱迷住了。"列车长说，"你还是上车吧，坐火车散步也很有意思，请吧。"

老橡皮不想让列车长为难，便扛着橡皮箱上了车。火车这才轰然启动，铁轮子在钢轨上兴高采烈地滚动着。

"你得买两张车票，橡皮箱这么重也得打票。"列车长说。

"好吧。"老橡皮从橡皮箱中的银柜里取出钱，买了票。

橡皮箱里忽然有人喊叫起来："别拿我的钱。"原来，老橡皮错将别人的银柜当成自己的了。

但是，橡皮箱里的喊声惊动了列车长，他发现橡皮箱里装着一座镇子。"一，二，三，四，五，六，七，八，九……"列车长清点镇子里的人数，一共点了九十九个。"你需要补九十九张票。"他说。

"伙计们，"老橡皮对箱子里的居民说，"拿出自己的钱补票吧。"

居民们不高兴了，说："我们是在自己家里睡午觉，买什么火车票啊？岂有此理。"

这么说，九十九张票应该由老橡皮掏钱买，因为是他扛着橡皮箱出来散步的。可是，**老橡皮**的银柜里没那么多钱。这让他很难堪。

鞋匠有个主意："让我来为旅客修鞋，赚来钱买车票。"

好办法。老橡皮给旅客们作揖鞠躬，说："帮帮忙啊，先生们，女士们。"

善良的旅客们都把鞋脱下，扔到橡皮箱里。鞋匠忙得不亦乐乎，"叮叮当当"，他很快就把那些鞋子修好了。有几个旅客又把脚丫子伸到橡皮箱里，让鞋匠为他们治脚上的鸡眼。这几个旅客都是臭脚，橡皮镇里臭气熏天，居民们被熏得纷纷从镇子里爬出来，车厢里顿时变得拥挤不堪。

"我真不明白，这么个箱子怎么可以装得下这么多人？"橡皮镇里的居民并不比正常人小，所以列车长吃惊又狐疑。后来他才明白，因为他摸到一个居民的肩骨，骨头是橡皮做的，很软，且可伸缩自如。

"你们镇远不止九十九个人，让我再清点一次。"列车长警觉地瞪大眼睛。他又点了一遍，一共是一百九十九个人。"请再补一百张车票。"

"这……"老橡皮发愁了，鞋匠把赚来的钱都添上也不够啊。

也许是被橡皮镇的居民闹腾得太厉害了吧，火车的铁轮子哐当哐当都掉了。

"谁会修车轮子？"列车长着急地问旅客。

"我会。"鞋匠说。

"别开玩笑，修鞋匠怎么会修车轮子？"列车长不信。

"别小瞧人。"鞋匠说，"铁轮子就是火车的脚、火车的鞋，有什么难修的？"

"好吧，你若能修好了火车，橡皮镇的人全部免票。"列车长说。

可是，鞋匠的双脚被钉在橡皮镇街上，出不来。

"这不难。"老橡皮说。他把橡皮箱扛下车，三下五除二，把火车装到了橡皮箱里。

鞋匠开始修火车轮子，"叮叮当当，当当叮叮"。小锤太轻，根本对付不了铁轮子。

"唉，手艺好不如家什妙。"鞋匠无能为力了，脸窘得通红，通红的脸把橡皮箱映得红彤彤，旅客们以为着火了，吓得嗷嗷叫。

老橡皮忍不住了，他鼓了鼓劲，一咬牙，扛起装着橡皮镇和火车的橡皮箱子，大步走去。"请你沿着铁路走，到了前面的小站停一下，有旅客下车。"列车长提醒他说。

但是走着走着，老橡皮体力不支了，扛一座镇子和扛一座镇子加一列火车，重量绝对不一样。有办法了，老橡皮放下橡皮箱，从箱里拿出四个火车轮子，安到橡皮箱上。

橡皮箱变成一节火车厢，老橡皮推着它，沿着笔直的路轨跑去。

"请你买票，"老橡皮对列车长说，"还有你的火车，它这么重，少说也该打一百张车票。"

列车长笑了笑：“可是，轮子和路轨都是我们铁路局的啊。”

小偷当镇长

去过橡皮镇的人都羡慕这座非凡的小镇，羡慕小镇实际上是羡慕这里有一位受人尊重的好镇长——老橡皮。

有两个盗贼也想当这样的镇长。这是两个比较有远大抱负的盗贼，一个名字叫"小偷"，另一个叫"大偷"。

小偷年龄比大偷小，且喜欢偷小东西，譬如：一块橡皮头儿，一根假睫毛，一片贴在香精瓶上的商标。当然，时而也偷点贵重的小东西，譬如钻戒，白金耳坠。大偷偷的东西可就大了：火车、飞机、轮船，小菜一碟。他还偷过屠宰场，有一回还把一座跑马场盗走了。总之，小偷专偷小东西，大偷专偷大东西，穿衣戴帽各有所好嘛。

小偷和大偷从未当过官，所以他们决定当老橡皮这种小官，看看乐趣到底有多大。

现在他们盯住了橡皮镇。

小偷说："我看好了老橡皮挖耳朵用的挖耳勺儿。"

大偷说："没出息。我要偷整个橡皮镇！"

小偷不高兴了。他早就对大偷有成见了，从他们结伴入行那一天起，大偷从未瞧得起他。所以，他这回下狠心说："我要偷老橡皮，把老橡皮偷到手我就是镇长了！"

大偷一听，心里不好过了，说："你有偷老橡皮的本事吗？"

"那就试试吧，你偷你的橡皮镇，我偷我的老橡皮，咱俩井水不犯河水。"

小偷来到老橡皮跟前，假装聊天说："哈哈哈，夏天的太阳就是比冬天的烤人。"

老橡皮说："废话。"

"是废话。"小偷说，这时他已经把老橡皮的挖耳勺儿偷到手了。

但被老橡皮发现了："你偷了我的东西！"

小偷撒腿便跑。老橡皮跟在后面追。

这当儿，大偷那边就把橡皮箱偷走了。

老橡皮回来时才知道自己中了人家的声东击西之计。橡皮箱和装在箱里的镇子没了，老橡皮很着急，但一会儿他又高兴了。为什么？往下看你就知道了。

小偷找到了大偷，大偷已经进了橡皮镇。小偷也跳了进去。

"我是新到任的镇长。"大偷对居民们宣布。

"我是真正的新镇长！"小偷宣布。

居民们问："到底谁是镇长？"

"我！"大偷说，"因为橡皮镇是我偷到的。"

"No！"小偷说，"老橡皮是被我偷走的，偷走镇长的人不当镇长，让谁当？大伙儿评评理吧。"

居民们说："偷老镇长的人应该当镇长。"

大偷失去了民心，开始他不服气，仔细想了想，觉得也是这么个理：现在老橡皮不在了，那是因为小偷把他诱走了，诱走了就等于偷走了。"好吧，你先当镇长，三天后我接班，怎样？"

"No！我当一辈子镇长，直到老死那一天。"小偷说。

小偷比大偷小五十岁呢，等他老死那一天，大偷恐怕早变成泥土了。大偷觉得自己这次吃亏太大。

小偷很想当一名好镇长，所以他千方百计讨居民们的好。到吃饭的时候了，居民们拿着大碗跑来找小偷，嚷着："饿啦饿啦。"

"去找厨师。"小偷镇长说。

厨师在打麻将。小偷镇长踹了他一

脚：“烧饭！”

厨师说：“没米没菜。”

“会有的。”小偷镇长说。

他从橡皮箱里爬出去，一会儿便偷来了猪肉和牛肉。

居民们问：“吃什么饭？”

小偷说：“猪肉炖牛肉。”

“还有什么？”

“牛肉炒猪肉。”

厨师说：“你做吧，尝尝你的手艺。”

小偷在吃饭问题上一向是手到擒来，专门偷吃别人做好了的饭。现在不行了，他想当一名好镇长，就必须做饭。

十大锅猪肉炖牛肉和十大锅牛肉炒猪肉做好了，居民们狼吞虎咽，一扫而光。

“味道美极了！”大家都夸奖小偷镇长。

小偷镇长又骄傲又很伤心，因为他没吃到一块肉。

次日，小偷镇长又想出去偷食材，但遇到了一个警察。

“橡皮镇需不需用一名警察搞治安？”警察问。

小偷镇长吓了一跳：“好像……不需要。”

“那么，我可以去镇里做客吗？”

不等小偷镇长回答，警察就跳进了橡皮箱里。小偷镇长心想：坏了，不能再去偷猪肉牛肉了。

可是，没饭吃，居民们就不会拥护他当镇长了啊。

小偷镇长忽然想到自己的秘密宝库。那里埋着他以往偷来的一些小珠宝。本来他打算等到年老体弱时取出它们过活，现在他不得不提前取出它们了。

他来到野外，找到藏珠宝的荒山坡，用镢头刨起来。警察跑来了，问他："你在开荒种粮食吗？"

"好像……是。"小偷镇长说，"但愿在垦荒之余能有一点意外收获。"

"我想一定会。"

小偷镇长从地里挖出三枚闪光的银珠，又挖出三枚闪光的玛瑙，最后挖出三枚闪光的钻石。"哈！真走运啊我！"他说。

"继续挖，说不定还会挖出三块金砖。"警察说。

"绝对不会有金砖，这我比你清楚。"

小偷镇长用这些珠宝换回好多猪肉牛肉，居民们很高兴。然而，人太多，猪肉牛肉很快就吃光了。

小偷镇长犯愁了，因为警察像影子一样时时刻刻盯着他，使他连偷东西的念头都不敢有。可是，要当镇长就必须为大伙儿弄饭吃，有句话不是说"当官不为民做主，不如回家卖红薯"吗？

小偷镇长对大偷说："老兄，把你三年前偷的屠宰场借我用用，也许里面的猪肉牛肉还没臭。"可大偷不干。没办法，小偷只好藏起来，藏到一个狗窝里。

"汪汪汪！"狗不高兴小偷进来。

"别吱声。"小偷镇长说。

"汪汪汪汪！汪汪汪汪！"狗叫得更凶。

小偷镇长从胸侧掰下一根肋骨，放到狗嘴里。狗不叫了，啃起骨头。

"镇长——我们要饿死啦！"居民们到处找小偷镇长。

小偷镇长在狗窝里说："镇长外出开会了。"

"开几天会？"

"一年，不，十年。"

居民们听罢哇哇大哭。小偷镇长听了很感动，但心里却说：哭吧，愿意怎么哭就怎么哭，反正我不想当镇长了。

"汪汪汪！"狗又冲小偷镇长叫起来。

"别吱声。"小偷镇长又从胸侧掰下一根肋骨，放到狗嘴里。狗不叫了，啃骨头。

警察说："喂，你别这么折腾自己了。"

小偷镇长说："我宁肯把骨头都给狗吃，也不当镇长了。"

"那你们为什么偷橡皮镇？"

"那是大偷的主意，他应该当镇长。"小偷委屈地说。

大偷说："我坚决不干，多累啊！"

"你说你接我的班。"

"我坚决不接班。老橡皮是你偷的，你当镇长理所应当。"

小偷镇长无言以对。

警察说："我要逮捕你们这两个贼。"

"饶了我们吧。"大偷小偷连连告饶，"我们保证今后堂堂正正做人。"

大偷把偷走的火车、飞机、轮船、屠宰场，还有跑马场都交了出来。小偷呢，把在小饭馆里喝酒的老橡皮偷回了橡皮镇。